U0544013

为客天涯

老江湖

郑骁锋 著

GUANGXI NORMAL UNIVERSITY PRESS
广西师范大学出版社
·桂林·

老江湖

LAO JIANGHU

图书在版编目（CIP）数据

老江湖 / 郑骁锋著. —桂林：广西师范大学出版社，2019.9（2019.10 重印）

（为客天涯）

ISBN 978-7-5598-1926-0

Ⅰ. ①老… Ⅱ. ①郑… Ⅲ. ①散文集－中国－当代 Ⅳ. ①I267

中国版本图书馆 CIP 数据核字（2019）第 137315 号

广西师范大学出版社出版发行

（广西桂林市五里店路 9 号　邮政编码：541004
网址：http://www.bbtpress.com）

出版人：张艺兵

全国新华书店经销

广西广大印务有限责任公司印刷

（桂林市临桂区秧塘工业园西城大道北侧广西师范大学出版社集团有限公司创意产业园内　邮政编码：541199）

开本：787 mm ×1 092 mm　1/32

印张：8.25　　字数：150 千字

2019 年 9 月第 1 版　　2019 年 10 月第 2 次印刷

印数：5 001~9 000 册　　定价：52.00 元

目录

001 / 序：我的江湖

001 / 天下西湖　**浙江·杭州西湖**

是的，西湖很小，但它就像一枚玲珑的印章，有了它，整幅中国画卷布局才能圆满，笔墨才能灵动，气韵才能轩昂。

019 / 大江东去　**湖北·咸宁赤壁、黄州赤壁**

或许那一夜曹操就已经意识到，自己这一生，或许再也无法跨越那条河流了，虽然它曾经就近在咫尺。

035 / 上梁山　**山东·济宁水泊梁山**

只要不回头，不弯腰，不停步，猛地一跺脚，世间何处不是梁山？

055 / 为客天涯　**江西·龙南围屋 福建·永定土楼**

任何一次出走都是被迫的，夯墙的同时，主人也在狠狠夯下安定的愿望。

073 / 袈裟上的灵山 **江西·大余梅岭 湖北·黄梅东山寺**

弘忍那夜给慧能讲解的《金刚经》的开头……
没有人神共赞，也没有天女散花。一部大经，不过只是穿衣吃饭。

095 / 鹅湖会 **江西·铅山鹅湖书院**

武夷山到鹅湖，二百四五十里路；永康到鹅湖，五百里路。五百里的陈亮到了，二百多里的朱熹没到。纵然是辛弃疾，也无法弥合那三百来里路的裂隙。

119 / 剩山水 **浙江·富春江**

千年之后，我们终于看清了这一段历史的归宿，某种意义上，也就能够这样说：富春江才是《三国》的“终结地”。

139 / 刀笔乡 **浙江·绍兴安昌古镇**

若想坐稳公堂，需要的并不是浪漫与激情，而是他们最欠缺的务实与琐碎。
师爷们兜售的就是这样一门手艺。

163 / 金窟记 **浙江·遂昌金矿**

“上有葱，下有银；上有薤，下有金。”
……葱薤本是异味之物，佛教将其归于浊臭，皈依者必须断绝——所谓人间富贵，原来不过是种种臭腐？

183 / 崖壁道场 **甘肃·泾川百里石窟长廊**

泾河石窟，渭河草堂，泾渭一北一南，最终合流归入长安。走出这么一幅三教形势图，会不会就是隐藏在关中水系最深处的秘密呢？

205 / 血色边墙 **湖南·凤凰、黄丝桥古城，腊尔山**

边墙圈起的，是一个王朝的隐疾：金光闪耀的帝国版图上，雷公山与腊尔山，就像隐藏在锦绣纹中两个不易被察觉的黑洞，常年乌云笼罩虎啸狼嚎。

231 / 钱塘弄潮 **浙江·海宁、萧山**

“这个潮今天要两米多了。”他的普通话并不好懂，喊潮那几句应该是反复训练过的，“它这个潮碰一下，就回去了，要等到第二个潮上来才好看。”

252 / 后 记

序：我的江湖

我曾经无比热切地寻找过江湖。

与所有少年一样，我想象中的江湖，有宝马，有快刀，有英雄，有美女，有参不透的禅机，有喝不完的烈酒。更有踏不尽的不平事，斫不尽的恶人头。

当然，少不了还有一间“悦来客栈”。

多年以后，我才意识到，与其说我迷恋江湖本身，不如说是迷恋一种为客江湖的苍凉行走。而等我对这种行走的意义真正有所感悟，又过了很多年——最初，我只不过是借此来消解一些日常的无聊。

正如南美传说中，一个人真正死去的标志是被全世界彻底遗忘。江湖，也必须依靠足够多的行走来维持存在。

我这样说，是我早就清楚，我所追寻的江湖，其实只是个幻象。每位少年在长出白发的那一刻，才会生成属于他自己的真正江湖。它们悄然降临，无影无踪而又无处不在，依据各自的气息分门别派，推杯换盏间，或是歃血为盟，或是短兵相接。所有的暗器都没有解药，所有的绳索都打成死结；唯一的标准是成王败寇，最大的忌讳是快意恩仇。

两座江湖其实早已分道扬镳。我的投奔，可以理解为逃离。但我的逃离并非没有意义。西哲将时间比喻成河流，而我将在自己的江湖进行一次时光逆流之旅——“江湖”二字，用在这里竟然如此贴切。

我将在江湖之浪涛中溯流而上，荒郊、古庙、老村、边城，一一搜寻先人遗落的残刃与秘籍，直至在它们的指引下，回到最初，去唤醒那声被封印在酒杯底的裂石崩云的长啸。

2018.8.17

天下西湖

浙江·杭州西湖

这是一场预备已久的死刑，杀人者和被杀者都等了很多年。走向刑场的路上，双方都有解脱的感觉。他们都知道，片刻之后，随着刀光闪过，那个已被淘汰的朝代将在秋风中彻底消失，对其旷日持久的清剿也将就此终结。

即将被杀的人是南明最后的将领张苍水。明亡之后，这位浙江宁波人率领义军在东南一带苦苦抵抗了二十来年，直到那个晦暗的黎明，一队清兵突然登上了他藏身的小岛。

作为英雄，张苍水对死难，表现得从容、凛然。他是坐着受刑的，因为他拒绝以下跪的姿势退出人间。而他的遗言，除了一首铿锵的绝命诗，还有一句深沉的赞叹。

"好山色。"说这句话时，张苍水躯干挺直，目光悠远，枯槁的脸上，慢慢展开一丝柔和的微笑。

杭州市平海路东端与中山中路的交接处，如今是一个商铺林立的繁华街区。在明代，这里是浙江省按察使官署所在，官署前面的空地上，设有两块牌坊，一为"明刑"一为"弼教"，弼教坊的名称便是由此而来。

张苍水的刑场就设在这里。

那天是农历九月初七，整个杭州城都飘着甜甜的桂香。张苍水深深地嗅了一口气，拂了拂衣上的灰尘，缓缓盘膝坐下，回过头来，对身边神情紧张的刽子手笑了一笑。

三百多年后，“好山色”已由沙孟海写成了一块遒劲的大匾，高悬于杭州张苍水祠的正厅。张苍水的祠堂连同墓冢，位于太子湾公园与章太炎纪念馆之间，紧邻着西湖。

薄暮，西湖平湖秋月，我独自坐着。三月的夜风贴着湖面滑来，带着水气柔柔地拂面而过。

原本是多云天气，又是初三，不指望月出东山。光景一截截黯淡着，满天浮云像是渐渐被水化开了，又不断一滴滴点入浓墨，在湖面上渗洇开来。近处的山仿佛随着浅浅的涟漪移向远处，而远山则从山尖开始逐渐淡去，直至完全隐入虚空。画舫游船俱已不可辨认。湖面似乎越来越宽广，越来越混沌。

离开张苍水祠后，我走走停停，已经在湖边踯躅了很久。过去的几个小时，我一边欣赏西湖由明丽一点点转换为朦胧，一边在思索那个俗不可耐的问题：西湖被赞誉为“人间天堂”，它的独特魅力，究竟在于何处？诚然，西湖是极美丽的，但令天下人魂牵梦萦的，果真只是这一脉山水本身吗？

我细细回忆着西湖的各处景点。身为浙江人，它们中的大部分，我都已经游赏多次，有一些甚至可以说烂熟于心了。终于，我记起了在岳王庙中看到的一首诗，作者是清代著名诗人袁枚："江山也要伟人扶，神化丹青即画图；赖有岳于双少保，人间始觉重西湖。"

诗句镌刻在一块石碑上，笔画开张，朴拙有力。中国的书法最讲究线条，而线条的优劣取决于正反两种力道的抗衡与融合，通常艰涩顿挫才显虎虎生威，圆滑顺溜却往往暴露出轻浮虚弱。受袁枚启发，我想到，若以"丹青画图"为喻，西湖之美，或许就美在刚柔相济，不似其他江南名湖园林那般一味婉约。大概，这也就是"人间重西湖"首要的原因。

西湖之美，温婉之外，其实另有一股激烈。岳飞、于谦、张苍水等烈士埋骨湖畔，众人皆知，暂且不提；仅是西湖的景点名称，也在清丽的表象下暗藏着一股豪气。花港观鱼与柳浪闻莺之外，有龙井，有虎跑，有狮峰——曾有很长一段时间，整个杭州都被称为武林；即便只是孤山，简简单单两个字，却也有着难以掩饰的桀骜。

唯豪气方能容纳豪杰。难怪狂野磊落如鲁智深，到了钱塘江边便会豁然彻悟，抛开杀人放火的禅杖，将两只跋涉万里的大脚交互叠了，拍手笑一声，坐化于六和塔下。与他做伴的，还有行者武松，低眉顺眼地在暮鼓晨钟声中老去，铁血侠情尽皆隐入了西泠桥头的一抔土中。

鲁智深、武松毕竟是小说人物，当年秋瑾却是真真切切地爱上了这片湖山。一个晚春的黄昏，瞻仰完岳坟出来，她在湖堤上许了一个愿，希望自己也能在此长眠："如果我死后真能埋骨于此，那可是福分太大了。"秋瑾罹难之后，为了达成她的愿望，人们整整进行了十次传奇般的迁葬，由她的故乡绍兴到夫家湖南再转到杭州，迂回了千里万里才终于让她在孤山脚下安息。

如今，秋瑾的汉白玉雕像屹立在西泠桥畔，一手按剑，一手叉腰，为西湖又增添了几分秋风秋雨的飒爽。

秋瑾是绝不甘心做弱女子的，她自小便喜好男装刀剑，这令我想到了东坡的名句"欲把西湖比西子"。我以为，在东坡的时代，西湖的确可以比为西施，但岳飞之后，西湖应该越来越像是一个清瘦的男子，举止潇洒，眉宇坚毅。

可能白娘子也有这个感觉吧。那许仙本是个庸人，可被这湖水一照，呆滞的五官都生动起来。心旌一摇，白娘子不由得脸颊泛红，在云端痴痴叹了一声。

霎时，柳枝摇摆飞絮漫天，西湖上空落起了绵绵细雨，如雾如烟，嫩嫩地润湿了半个江南。

豪气之外，西湖的韵味，我想还在于“西”上。

虽然最初只是用来表明方位，但在西湖，却很容易令人与夕阳西下、古道西风、西出阳关、独上西楼……这些凄迷、零落、荒芜，带有哀伤情绪的词联系起来。而著名的西湖十景中，也不乏类似的名称，比如：断桥残雪、雷峰夕照。

雪渐残，独立凭栏四望，苍茫天地，只剩一脉浅灰、万里风寒；桥已断，再难回头，走一步，滑一步，远一步，单薄的脚印踉跄着一点点没入天尽头。

夕阳如血。山最高处，古塔枯瘦，憔悴而潦倒，似衰朽老翁孑然颓坐，儿孙散尽、了无依靠。

围绕着西湖的故事，大半令人扼腕叹息。西湖诸英，岳飞、于谦、张苍水、秋瑾，俱是壮志未酬含恨而终；西湖女子也都命运多舛，柔弱无助如苏小小倒也罢了，即便凭空造出一个修行千年的白娘子，满腔痴情，也还是只落得个永镇雷峰塔的结局。

当然，中国的历史太漫长，类似的悲剧古往今来发生得太多。不过，仔细品味，与西湖有关的悲剧却烙印鲜明。

那是一种面对宿命的倔强，逆流而上的悲壮。就像白娘子明知人与妖的爱恋不容于天理，却依然舍弃一步之遥的正果，化身为人。

可能岳飞不会相信自己与大宋的前途将会是那么凄惨，正当他在朱仙镇壮怀激烈，筹划着似乎只有一步之遥的“直捣黄龙府”时，有位书生只用了一句话就拦下了准备逃窜的金兀术：“自古未有权臣在内，而大将能立功于外者!”已经有条冰冷的绳索悄然勒向了岳飞的脖子。

与遭到陷害的岳飞不同，杭州人于谦很清楚自己的命运。明英宗草率用兵，亲征蒙古瓦剌部，反遭瓦剌包围，五十万大军死伤过半，自己也成了俘虏，是为“土木堡之变”。瓦剌以英宗为人质，一路向明帝国叫关勒索。作为兵部尚书，自从号令北京城门紧闭，将英宗皇帝挡在城外的那一刻起，他就知道自己迟早要为“社稷为重君为轻”这句话而付出代价；于是，“此一腔热血，竟洒何地”成了他酒后说得最多的一句话。

至于张苍水，在把伤痕累累的残部收缩到海岛上时，就已经痛苦地承认了一个残酷的现实：大局已定，任谁也无力回天了；但他在遣散最后一队士兵时，说的还是：“我是大明人，决不事清。诸位家中尚有老小，不必受我拖累，离了这里各自谋生去吧。”

秋瑾对自己的结局好像也有预感。她的就义，距离她在西湖许愿只有短短四个月。女伴回忆，那天西湖边上的女侠，虽然像往常一样神色刚毅，但话语中流露出深深的忧郁。

相比嬉笑或是漠然，一张忧郁而沧桑的脸绝对更具有吸引力，何况这种忧郁是因为困顿里的不屈，绝境中的担当。

这种悲剧之美，应该也是西湖的魅力来源。

飞来峰，这座传说从天竺国灵鹫山飞来的小山峰，以奇石、岩洞、冷泉、古刹，尤其是五代以来的佛教石窟造像闻名于世，被称为“东南第一山”。山腰有一座名为“翠微”的亭子，却往往被人所忽视。

这座小亭，为南宋名将韩世忠所建，亭名摘自岳飞“特特寻芳上翠微”的诗句，以此来纪念这位战友。

我想，最早领略到西湖悲剧美的人可能就是韩世忠。岳飞被杀后，他闭门谢客，绝口不谈政事，常独自骑着一头毛驴，沿着湖堤漫无目的地游走。毛驴的鞍边，挂着一个小小的酒葫芦。

摇摇晃晃，走过雷峰夕照，走过断桥残雪。偶尔，韩世忠低下头，看见自己紧锁双眉的同时，也在水纹中隐约见到了西湖的表情。

馄饨，小笼包，生煎包。

很多杭州人的一天，都从这些精致的江南美食开始。不过，老底子的杭州早餐，有“大饼、油条、豆浆、粢饭团”四大金刚之说。

“四大金刚”中的油条，杭州人通常叫它“油炸桧”。他们说，这种风行全国的大众食品，就起源于南宋时的杭州。岳飞被杀后，悲愤的临安百姓，用粘在一起下油锅的两根面筋，来表达自己对秦桧夫妇的诅咒。

与“油炸桧”同时代的，还有一道传统杭帮菜“宋嫂鱼羹”。始创者是金军南侵时来临安避难的宋五嫂，据说南宋高宗赵构在这道菜中品出了故国都城汴梁的风味，不禁为之潸然泪下。

几根油炸桧，无异于一阕怒发冲冠的《满江红》；一盘宋嫂鱼羹，更是抵得上一首饱含亡国之痛的《王风·黍离》。西湖竟然可以将整个王朝的血泪收缩到舌尖。

不过，正当你提着筷子怅然若失之时，鱼羹旁边，又轻盈地摆上了绿茵茵的西湖莼菜、翠油油的龙井虾仁，还有一块方方正正、冒着热气的东坡肉。

西湖永远不会把任何一种情绪显露得太充分。

很多时候，西湖似乎一直在掩饰着什么。号称狮峰，却产世上最嫩的茶；名为龙井虎跑，但只是几汪小泉；即便寡合清高如孤山，也曾做过皇家行宫。

西湖的大部分景点，都不需要人们艰辛攀爬和刻意仰视，不会以奇崛的峰峦或奔腾的激流拒人千里；所有过于锋利的棱角都包裹有厚厚的草木，温和而儒雅。

由孤山再次想起了邻近的武松墓。谁也说不清墓中的好汉到底是不是来自梁山，但西湖赵公堤旁，“江南活武松”盖叫天却真的住了四十多年。

盖叫天自幼习武，凭着一身精湛的功夫闯出了响亮的名号，不过真正令他登上京剧宗师殿堂的，还是中年以后才开始的武戏文唱。招式技巧看似简单了、寻常了，但所塑造的形象反而愈发血肉丰满。那时他已在杭州定居很多年了。

盖叫天是北方人，可他在西湖边领悟出的艺术真谛，明显属于江南思维：锋芒毕露并非最高境界，铅华尽掩才是炉火纯青。

江南的英雄，如于谦、张苍水、秋瑾，如章太炎、鲁迅、徐锡麟，身躯都不甚魁梧，声音都不甚洪亮，但他们瘦削的肩头，都能不声不响地扛起一座大山。

还是用白娘子作比吧。人们能看到的，只是一个举着油纸伞，挎着紫竹篮，娉娉婷婷地行走在清河坊的娇柔少妇，却不知道她袅娜的腰肢能够掀起水漫金山的巨浪。

雷峰塔下并没有白娘子。

1924年9月25日下午，秋初的杭州，风和日丽，西湖游人如织。忽然，一声震天巨响，夕照山上的雷峰塔，在摇晃几下之后，轰然垮塌了下来。

当时的一名游客记录了雷峰塔倒下的全过程："塔欲倒未倒之际，遥见塔脚微起黄烟……既而忽如黄雾迷天，殷雷震地，久之烟消雾淡，但见黄土一堆。而敦庞大塔，不知何处去矣。"

雷峰塔真正的名称，应该是"黄妃塔"。公元977年，吴越国王钱俶，用建塔的方式，来祈祷他的妻儿平安。因为就在那一年，他的宠妃黄氏，为他生下了一个男婴。

然而，若是将这座塔与一个初生的王子联系起来，却令人为之黯然神伤：这位王国的继承人将要承受的，是一段注定黑暗的人生，他来到这个世界的第一天，就已经被夺走了未来。

几乎在雷峰塔竣工的同时，钱俶接到了一道开封发来的诏书，宋朝皇帝赵匡胤命令他立即入朝觐见。

谁都清楚这意味着什么，吴越国上空，顿时阴云密布。

启程赴开封之前，钱俶用最隆重的祭品来祭拜祖父——吴越国的开国之君钱镠。在钱镠的陵前，这位五十岁的中年人伏在地上号啕大哭，悲伤得几乎站不起来。

那是农历十二月，一年中最冷的时节。潮湿的风从湖面上吹来，如同刀割。

公元978年，钱俶献两浙十三州于宋。吴越国历三代五王至此而亡，立国共七十二年。

吴越国的降宋，基于一种对自己清醒的认识。

公元907年，钱镠坐定杭州后，开始营造宫室，有个风水先生对他说，如果只是在前人旧城池基础上扩建，国运不过百年，但若把西湖填平一半，国运至少能延长千年。钱镠笑答："哪有一千年天下还不出真主的，何必劳困百姓呢?"

钱镠有着一种极为可贵的"民本"思想，在势力范围之内，尽可能地休养生息，在乱世中为残破的中华大地涵育一份江南元气。他常说："民为社稷之本。民为贵，社稷次之，免动干戈即所以爱民也。"不仅自己不称帝，还一再教诫子孙要度德量力，如遇王者，不要兴兵，及时纳土归顺。

无疑，在钱镠眼中，西湖太小，支撑不起一个庞大的王朝。但正如鲁迅，那位著名的越人说的，只有真正的勇士，才敢于直面惨淡的人生。

“其民至于老死，不识兵革，四时嬉游，歌鼓之声相闻，至今不废，其有德于斯民甚厚。”多年以后，苏轼来到杭州当太守，当他回忆起吴越国的这段功绩时，不胜唏嘘。

“赵钱孙李”，五代十国王旗林立，赵家国姓之下，《百家姓》将吴越钱氏姓列于首位。民心评判，吟诵至今。

忽然想到，绵延几千里的大运河，选择杭州作为南端的终点，除了政治和经济，在文化上也有着深刻渊源。江南的冷静与内敛，正是北方的都城所最需要的。隋炀帝、武则天的洛阳也好，赵宋的开封也好，元明清的北京也好，作为帝国终极的名利场，势必承载了太多的欲望与焦虑；这时，西湖的出现，就像为一台高速运转的发动机配上冷却剂，不动声色地让帝国烦躁的心跳舒缓下来。

就是这小小的西湖，让大运河水火既济，稳稳地擎起了一个矫健的中华。

看着当年钱镠不止一次久久凝视过的湖水，我开始感到，西湖可能深不可测。

空灵、文雅、清秀。谁也无法用几个简单的词来概括西湖的气质。

苏堤春晓、曲院风荷、三潭印月……兜兜转转，最绕不开的还是孤山。

如果说因为《白蛇传》，雷峰塔被很多人视为西湖的象征，那么对于历代文人，孤山才是西湖真正的圣地。

林和靖的放鹤亭、存放《四库全书》的文澜阁、山外青山的“楼外楼”、苏东坡纪念恩师欧阳修的“六一泉”……小小孤山，人文荟萃。不过，孤山最精髓的，毕竟还是西泠印社。

创建于1904年的西泠印社，被誉为“天下第一名社”。虽然占地只有三十亩，却是全世界印学的最高殿堂。黄宾虹、李叔同、马一浮、丰子恺、潘天寿、傅抱石、沙孟海、沈尹默、启功、程十发……社员造诣之深、名望之高，为古今空前。

印学，也就是通常说的金石篆刻，一种以刀作笔、最能体现书法力量的艺术门类。一座以温婉著称的湖，却诞生了世上最硬朗的书法艺术，还有什么能比西泠印社更形象地说明西湖的文化质地吗？

我慢慢有些理解吴越国貌似懦弱的纳土归宋了，他们也许已经看出了西湖的责任。西湖不该属于任何一个割据势力，它的湖底，连接着整个天下——某种意义上说，卷着版图北上并不是一种投降，而是去在中国画卷上加盖一枚印章。

是的，西湖很小，但它就像一枚玲珑的印章，有了它，整幅中国画卷布局才能圆满，笔墨才能灵动，气韵才能轩昂。

印章钤下的刹那，整个中国氤氲开来一股碧绿的清凉。

然而，并不是所有人都读得懂西湖的内敛，他们常常忽略了西湖隐藏在深处的痛楚，从而不知不觉地在几条短短的柳堤上迷失了方向，其中包括那个以惊魂未定的狼狈姿势来到西湖边上的残破王朝。

迷路的表现有时只需要两个字。

一日，宋高宗、孝宗父子出游，小憩于断桥边的一个小酒店。在店内的屏风上，他们看到了一首小词："一春长费买花钱，日日醉湖边……明日重携残酒，来寻陌上花钿。"孝宗笑道："此词甚好，但末句未免儒酸。"提笔将"明日重携残酒"改成了"明日重扶残醉"。当天就找到词作者太学生俞国宝，封了他一个官。

已是日日醉湖边了，皇帝还嫌他喝剩酒，醉得寒酸，有失体面。君臣如此，政局可知。而孝宗还是南宋诸帝中恢复之心最强烈的。那时，离他们仓皇南渡只不过四五十年，栖霞岭下岳飞的坟头，已经长满了青草。

不知什么时候起，南宋朝野悄悄流传开一首诗："山外青山楼外楼，西湖歌舞几时休。暖风熏得游人醉，只把杭州作汴州。”但好像没有多少人舍得从沉醉中醒来，继续在湖畔歌舞狂欢，浑然忘了今夕何夕，直到那天，临安的城门为来自草原的骑士黯然敞开。

西湖的诱惑太大，这段历史太典型，于是，在很多斗士眼中，杭州渐渐成了苟安与沉沦的代表，需要时刻警惕。鲁迅就是对杭州“绝端的厌恶”的一位，1933年，他还写过一首诗，规劝郁达夫不要把家搬到杭州去。

在诗的末尾，鲁迅写道：“何似举家游旷远，风波浩荡足行吟。”面对西湖，他宁愿浪迹荒野，迎风冒雨，浩浩荡荡高歌猛进。

先生的苦心我能理解，但我也认为不应该过多去责怪西湖；用禅宗的话说，人们看到的并不是西湖，而是他们自己。

有个流播很广，发生在西湖上的传说，主角是苏东坡和佛印。某天两人游湖，东坡突然发问：“和尚，你看我是什么?”佛印回答：“佛。”随即反问：“居士看我呢?”东坡调侃道：“牛屎。”佛印不恼，微笑点头。东坡心情大好，回家后告诉小妹说今天佛印被他耍了，苏小妹却叹气说他吃亏了。东坡不解，苏小妹道：“佛云见心见性，佛印说看你是佛，说明他心中有佛；你说佛印是牛屎，那你自己心中是什么呢?”

英雄在岳坟看到了热血，情侣在断桥看到了缠绵，懦夫在湖心亭看到了安乐窝，我突然想问自己，你看到，抑或最想看到的西湖，究竟是什么样?

夜色已浓，风渐大了些。四无人声。偶尔有鱼从水中跃起，又“扑通”一声落回湖里。黑暗中，不知道溅起的波纹能够蔓延多远。

湖滨的行道树已经依次亮了，碧玉似的柔光沿着湖圈出了一个《清明上河图》般的花花世界。我仰起头，望着南方。我知道，几十里外，那片被霓虹映亮的天空之下，有一条以脾气暴躁出名的大江。

我还知道，那条被称为钱塘的大江有个古名，叫罗刹江。

罗刹的名称令我精神一振，就在这一瞬间，我在光影变幻的云层中依稀看到了我的西湖。

飞来峰剧烈地摇晃起来，像是要重新拔地而起，满山藤蔓疯狂扭动，如受惊的蛇群；闪电过后，断桥从中断为两截，轰然塌入水中；雷峰塔发出了格格的巨响，从塔基开始，赭红的砖石迅速地向上开裂。

所有柳树的枝条都被拽直了，竖立着指向天空，满湖荷叶倒卷，无数条鱼尖啸着在空中跳跃；湖水翻滚，印月的三只石塔被盘旋着吸入巨大而黝黑的深渊；雷声隐隐，远处一线白潮，如万马奔腾，咆哮着朝湖面涌来。空气咸腥，还带有刺鼻的硫黄味道，几乎令人窒息。

12000年前，西湖与钱塘江是相通的，都连着大海。

再往前推，人类出现之前，西湖湖底，原本是个愤怒的火山口。

大江东去

湖北·咸宁赤壁、黄州赤壁

《孙子兵法》的诸多注家中，曹操是很著名的一位。于是，读到《火攻篇》时，很多人便会滑过正文，转而不无揶揄地搜寻起底下的小字来——谁都想看看，以兵法自负的曹操对火攻战术的独到见解。

与其他篇目相比，这一章中，曹操的注解明显疏了许多。不仅略过了不少段落，留下的寥寥几句还常常是“烟火，烧具也”“燥者，旱也”之类的简单说明。似乎他在有意无意地回避着什么，不过从他注解“火发上风，无攻下风”的“不便也”，“昼风久夜风止”的“数当然也”中，还是隐约能感受到一种莫名的懊恼：

那明明是个冬夜，怎么就突然刮了那么久的东风呢？

翻开这段文字时，曹操眼前又出现了那条宽阔的河流，还有水中的那轮明月。呻吟了一声，他下意识地握紧了拳头，掌心似乎又传来了铁槊的冰冷和重实，脚下也仿佛晃动起来。他永远忘不了猩红的大纛在风中猎猎翻卷的声音。他记得那晚自己喝了不少酒，反复高吟“周公吐哺，天下归心”，独立船头望着圆月仰天狂笑，惊起一群水鸟，在被烛火映亮的夜空里鸣叫乱舞。

那晚他终于醉得不省人事。醒来后，听侍从说，自己酩酊的眼神十分可怕，一手把长槊高高指向空中，另一只手则将酒觥狠狠地抛向对岸，眸子里尽是凌厉的杀气。那一刹那，江上静得悚然，所有人都屏息听着酒觥落入水中的扑通声。

“孤自烧战船，徒使周瑜成名耳!”几天以后，也是一个深夜，踩着满地的焦炭，曹操咬着牙甩下了这句话。然后，他扭转头，用力一挥鞭子，率着狼狈不堪的残部，打马跌撞北去。

曹操的脸上沾满烟灰，须发焦乱，五官随着火焰扭曲错位，显得格外狰狞。

或许那一夜曹操就已经意识到，自己这一生，或许再也无法跨越那条河流了，虽然它曾经就近在咫尺。

建安十三年冬，隔着长江，5万孙刘联军迎战号称83万的曹军。

“谈笑间，樯橹灰飞烟灭。”

十月，极目楚天舒。用了八天，我从岳阳转道湖北咸宁的赤壁古战场，经武汉再去黄州的东坡赤壁，最后绕回江西九江，以那次著名的战争为主线，顺长江而下走了一段。在地图上看，那段江水恰似一张北向拉开，瞄着许昌、洛阳的巨大弯弓。

我听人说过，这一带流传着一句民谣：“说书莫打赤壁过，三岁孩童知三国。”其实类似的话在其他很多地方也有。从来没有一段历史，如三国这般被后人反复咀嚼，也没有任何一部历史演义小说，如《三国演义》这样受到持久和狂热的追捧。短短百来年的史事，几乎成了妇孺皆知的常识，除了小说和戏剧的推演，还有其他隐藏在深处的缘由吗？

几天里，我来回跨越着长江，在不同的铁路桥上俯视江水。终于有一次，我猛然意识到，三国的独特魅力莫非就在这条大江上？

有人统计过，《三国演义》全书有一半以上牵扯着长江，仅是与湖北有关的，120回中就多达82回。

正如孔子所云“智者乐水”，“水”，在中国从来就是一个等同于智慧的文化符号。流动，注定了它走向的桀骜与谲诡；而这种难以预测的轨道，对人类的思维永远具有一种强烈的诱惑，抑或，挑战。作为一部以谋略为重要主题的小说，因为始终蜿蜒于字里行间的长江，《三国演义》的每个章节都得以泡发舒展，笔墨淋漓、音调圆润，如同荷叶上的露珠，翻滚闪烁，完全洗去了寻常演史小说的沉闷黏滞。

据说孔子对水的感悟来自老子。他曾向老子问道，老子则对他说："你为什么不去学水的大德呢？"孔子因此请教水有何德，老子道："上善若水。"

"上善若水"载于《道德经》的第八章；而在第四十二章中，老子演算过一道简单的算术题。

"道生一，一生二，二生三……"数到三时，老子停了下来，"三生万物。"够了。他以为，"三"这个简简单单的数字有着不可思议的神奇，足以化生天地间的一切。

落实到一个乱世，三国的三分天下，决定了它的乱没有五胡十六国那么杂无头绪，又不像楚汉争霸那么直接明了，乱得恰好，乱得有头绪，乱得有缓冲，乱得存在多种可能性——乱得能使无数后人摩挲着三只鼎足如痴如醉神魂颠倒。

一个"三"，一个"水"，"三""水"相加，成就了一部不朽的《三国》。而作为最重要的背景，长江，在流经赤壁时，将三国无穷的"三""水"变幻推到了最高潮。

在赤壁，三国的风云人物悉数登场。其中有的英雄还一身两用，比如关羽。一身沿着史书记载的路线秋风扫落叶般攻取江南的长沙；另一身则跨着赤兔马，驾一叶扁舟过了江，缓缓地踱到了泥泞而幽暗的华容道。

夜浓如漆。遥遥将部众留在身后，关羽一人一马，双目紧闭当道而立，除了长须在寒风中飘拂，雕塑般纹丝不动。终于，前方隐隐传来草木窸窣和急促的喘息声。枣红脸上卧蚕眉微微一挑，关羽横过了手里的大刀。

在咸宁，我生平第一次将手伸入了长江。一种透着浩淼的清凉从指尖慢慢向上蔓延。蹲下身，托着浪潮在掌上轻缓地荡漾，我感到了一股源自江心的试探力量。不动声色，轻描淡写，一触即退，但又有节奏，有韧性，一轮接着一轮永不松懈。

我脚下是一小片嶙峋的岩石滩，背后的山崖上，醒目地镌刻着血红的“赤壁”二字。三百多米高的崖顶，有一座六角石亭，传说当年周瑜与诸葛亮就在这里隔江观望曹营。

虽是下午，但江面仍然笼着一层淡雾，我只能隐约看到江那边是一脉薄薄的深色长带，应该是护堤的树林。偶有汽船开过，破开的波浪在阳光下闪着铜汁般的鳞光；没有鳞光的水面，则像一匹宽广无朋的柔软青布，低低起伏。

曾经的战场十分平静，甚至静得寂寥。在赤壁崖下，我记起了《孙子兵法》中令我神摇心醉的那段文字：“其疾如风，其徐如林，侵掠如火，不动如山，难知如阴，动如雷震。”“难知如阴”，此刻以流水的形式出现在了眼前。

长江上的风、林、火、山，孙子对战术的形象比喻忽然令我醒悟：古往今来的无数战役中，或许赤壁之战所蕴含的元素是最完整的。

以中国的视角，古老而神秘的五行，赤壁战场一应俱全。木：舰船；火：烈焰；土：江岸；金：兵刃；水：长江。即使从古希腊四元素或者佛家“四大”的角度看，那晚的长江两岸，“地、水、火、风”也无一遗漏。

五行四大，再加上几十万人马齐聚小小的赤壁，相生相克搅作一团，难怪那个水火蒸腾的夜晚会成为永恒的经典。上了山崖，凭着栏杆俯瞰江水，我努力怀想“动如雷震”时的惊心动魄，但脑海中浮现最多的，却是一双修长而白皙的手，在斑驳的古琴上提按捻扫。

赤壁之战，给我最深的印象，不是悲壮，也不是雄浑，甚至没有一般战争的勇猛，而是一份从容，一份冷静，一份目送手挥的诗意——与其说隔江对垒的双方是以性命搏杀的将领，我更愿意把他们想象成两位诗人。

事实上，曹操原本就是第一流的诗人。“今治水军八十万众，方与将军会猎于吴。”不必提《长歌》《短歌》，曹操写给孙权的寥寥数语，千载之下依旧豪气凛然，眉宇神情跃然纸上。

回应他的是几声萧散的琴声。“曲有误，周郎顾。”曹操的千里连营，在周瑜眼中，不过是几条银丝般的琴弦。可能就在我站的这个位置吧，他白衣如雪袖手而立，恬静地注视着对岸，眸子清澈透着怜悯。

我以为，赤壁大战酣畅淋漓地展现了中国式的战争审美，儒雅、淡定、举重若轻；而不是西方的激烈、剽悍，硬碰硬的犟强。它追求的甚至不是军队血腥的冲撞，更多还是一种天人合一、协力自然的境界。

“东风不与周郎便，铜雀春深锁二乔。”同样注解过《孙子兵法》的杜牧，更为人所知的身份是一名诗人。依照他笔下的意思，那场战役，头号主角并不是任何一个人，而只是一阵不符季节的风。

在小说中，作者把许多原本属于周瑜的潇洒连同那把羽毛扇一起转给了诸葛亮，还重笔勾勒了他的借东风：一阵隐秘的呢喃祷祝后，“近三更时分，忽听风声响，旗幡转动。瑜出帐看时，旗脚竟飘西北，霎时间东南风大起”。

其实此时胜负已分。诸葛亮淡淡一笑，散发披襟，施施然下了七星台，登上候在江边的一艘小船，“上复都督：好好用兵；诸葛亮暂回夏口，异日再容相见。”

如同一朵红莲骤然绽放于暗夜，水面上遥遥浮起了一团火苗。江崖上的周瑜轻轻吁了口气。他忽然有了弹上一曲的冲动，手指在袖筒里渐渐弹动起来；滚、拂、点、按，动作越来越快，最后，顺着风去的方向，随手一挥。

那一瞬间，所有人都听到了琴弦铿然崩断的声音。

火苗轰然炸开，散成千万条火龙，紧贴水面呼啸着疾扑；江水煮沸似的咆哮起来，被东南风一卷，一股带着鱼腥的热浪重重拍过了大江。顿时，整个江面如同白昼，火光映红了周瑜和他脚下的山崖。

从这一刻开始，天地之间有了一座滚烫的赤壁。暗叹一声，周瑜转过了身子，望着诸葛亮离去的方向，眼神忧郁而暧昧。

“人道是，三国周郎赤壁。”

东坡狡狯的一句“人道是”，在近九百年后，让黄州一处原本寻常的江崖也分享了赤壁的火光。

在我登上黄州栖霞楼的很多年前，江水就改了道；当年东坡泛舟之处，也已湮塞成了一个硬被命名为湖的池塘。

与咸宁一样，两处赤壁最重要的遗迹都是摩崖石刻。只是与咸宁鲜艳张扬的字体不同，黄州的“赤壁”只是一块翻拓的石碑，黑底白字，质朴而沉敛。

从咸宁到黄州，长江又流过了几百里。由鲜红到黑白，两处崖刻的色调差异，究竟只是偶然，还是一种具有象征意味的隐喻呢？

五行自有五色。无疑，火发的那个夜晚，江水流经赤壁时是五彩斑斓的。火的红，水的绿，烟的黄，炭的焦黑，脸的惨白。但浪头一卷，在滔滔流逝中，色彩一点点冷却、稀释、消溶；到了东坡眼前，只剩了一派苍凉的青灰。

“方其破荆州，下江陵，顺流而东也，舳舻千里，旌旗蔽空，酾酒临江，横槊赋诗，固一世之雄也，而今安在哉！”

刀光黯淡，断戟锈蚀，鼓角隐去，一出大戏已经退场，满地狼藉尽皆朽腐成了水底淤泥。箫声呜咽断续，大江上只剩了醉眼恍惚的主客三两人，单薄的孤舟随波浮沉如一片枯叶。

咸宁的“赤壁”横写，而黄州的“赤壁”则竖排——这是否可以理解为两种不同的视线：曹操周瑜南北横望，东坡则上下求索？

“寄蜉蝣于天地，渺沧海之一粟；哀吾生之须臾，羡长江之无穷。”面对亘古不竭的长江，俯仰天地，东坡愈发感到了作为一个人的卑微与渺小。他低头看着自己在月下的淡影，不禁为困扰自己多时的所谓“乌台诗案”哑然失笑——连曹公周郎的赤壁都不过是江流中的一个小小水泡，自己这点微不足道的委屈又算得了什么呢？他感到一阵凉意从天而降，不禁裹紧了衣襟。

不经意间，被贬到黄州的东坡用一管瘦削的毛笔，将长江从惨烈的战场导入了广袤的宇宙。从此，审视长江的视线纵横交错、贯通古今：一武一文，两座并不奇崛的褐色山崖，前后矗立成了不可逾越的万仞高峰。

“人生如梦，一樽还酹江月。”慢慢将一杯浊酒洒入江中，东坡抬起头，清风徐来，水波不兴。“乱石穿空，惊涛拍岸”云云，不过只是醉意上涌时的心血来潮。长江穿过三峡进入中游后，已变得越来越平展，越来越浩漫，再没有了当初在虎跳峡时奔腾叫嚣的狂暴；就像一位曾经锋芒毕露的莽撞后生，经历了越来越多的雨雪风霜后，不再轻易怒发冲冠拍案而起，而是举止稳重，满脸沧桑，将所有的悲欢都悄然埋在了波涛深处。

但赤壁毕竟是赤壁，东坡毕竟是东坡。一阕《大江东去》，仍不是任何艳女名姬所能曼声吟唱的，须得请来须髯如虬的关西大汉，饱饮了烈酒，拍起铁板铜琶，才掀得动那一江能淘尽千古风流人物的大浪。

在栖霞楼上遥遥向南眺望，目力尽头，一条长线苍苍茫茫融入天际。那就是如东坡词句一样束缚不住，偏离了赤壁的长江了。我突然觉得很不可思议，从源头到海口，这看似心平气和的流淌中，竟然会有5800多米，相当于三分之二个珠穆朗玛峰的高度的落差！

如果把那场曹孙刘定鼎之战作为参照物，那么能否这样说，长江从上游一路下来，是“三生万物”的累积，最终爆发在了武赤壁；而从武赤壁到文赤壁，在文化上却是一个简化还原的过程：由万物归三，三归二，二归一，直至虚空。

越到下游，长江似乎越显得洒脱旷达，这种大气的轻盈很自然使我想起了黄河。在那条与长江齐名的大河面前，所有人都会感到一种不可比拟的沉重。这份沉重已经深深溶入了河床，流淌时简直会令人感觉到水流与土地的剧烈摩擦。当然，黄河的沉重很大程度上来自它一路所裹挟的泥沙，但无疑同样也来自文化：黄河的下游，稳稳镇着一座泰山；泰山顶上，站着一位孔子。

面对流水，虽然孔子也有过与东坡类似的幻灭感，抒发过“逝者如斯夫”的叹息，但儒家所揄扬的水德，更多是一种脚踏实地的承载与担当，正如孟子对水的理解：有本源的水滚滚流淌，昼夜不停，把低洼之处都注满后，又继续朝前奔流，直至入海。有立身之本的就是这样，这就是孔子多次赞美水的原因啊。

由儒家我又联想到，老、庄都是楚人，道家最著名的圣地龙虎山、三清山都紧邻着长江；而真正将佛教本土化的禅宗六祖慧能，也是在赤壁三百来里外的黄梅东山悟的道。可以说，无论释道，他们最重要的根据地都在长江流域。而这两家虽然各有教旨，但终极目标都是要把自己从俗世红尘中拔离出来，这与埋头救济现世的儒家方向完全相反。

再想远一点，看看那些陶器青铜。从新石器时代开始，卷舒飘逸的曲线就是中国南方最常见的艺术表现形式；而在黄河流域，器皿上的线条往往却是正方、正三角，横平竖直，沉稳厚实。

想到这里，我脑中突然跳出一个美术史上的词汇："马一角，夏半边"，这个词被用来形容南宋画家马远、夏圭所开创的独特构图：不再严严实实地画满整张纸，只在边角巧妙点缀，而留下大块的空白，却别有一种空灵的妙韵。

黄河的实，长江的虚；黄河的刚，长江的柔；黄河的方，长江的圆；黄河的浊，长江的清；

作为图腾的龙与凤；朴素的《诗经》与浪漫的《楚辞》；

石刻与水墨；魏碑与行草；

……

不知不觉，我感到一阵眩晕，青黄两色在眼前飞快地盘旋。

太极？黄河长江就像阴阳双鱼，首尾衔接缠绕，夭矫腾挪，用亿万年时间旋转出了一片圆满的华夏大地。

这就是老子的“上善若水”放大到整个中国的意义吗？

走在黄州赤壁公园外那条无法看见长江的防洪堤上，我不可抑制地激动起来，四顾无人，禁不住朝天吼了一句：“大江东去！”

此次长江之行的终点，我选择了九江的琵琶亭。元和十一年（816），也是这样的一个秋夜，诗人白居易因为一曲琵琶，在枫芦萧瑟的江头潸然泪下。

当年周瑜的水军基地九江，意为“众水汇集”，长江流经此处愈发丰沛。九江东去，就是鄱阳湖的湖口，被当作界线划分长江的中游与下游；过了湖口，北折斜入安徽，起码在一千两百里外，长江便已经能够感应到海潮的澎湃。

“不知江月待何人，但见长江送流水。”恰逢农历十五，尽管云层很厚，最后也没能等来月出，但我从琵琶亭下来后，还是在堤坝上伫立了很久。直到晚霞闭合，江水隐入夜色，仍在顺流远望。

混沌中，我想寻找一双眼睛，一双逆水而上的年轻人的眼睛。

“余邑正当大江入海之冲……生长其地者，望洋击楫，知其大，不知其远；溯流穷源，知其远者，亦以为发源岷山而已。”山北水南谓之阴。大江之阴，有位少年，望着西来洪流，目光疑惑而坚定。

他就是徐霞客。探索长江源头，是他毕生的追求。历尽艰辛，他终于在晚年将江源探到了金沙江，从而纠正了流传千年的“岷山导江”谬误。

踩着徐霞客的脚印继续溯流而上，有一天，人们诧异地发现：原来，长江与黄河，竟然发源于同一脉雪域；而两者的源头，只隔着短短几十里。

它们的源头，都只是一些由冰水融成的浅浅溪流——勉强能浮得起一只小小的酒杯。

上梁山

山东·济宁水泊梁山

"你来做甚么?"

当门立一条大汉，横执朱漆大棒，厉声喝问。

"投奔梁山!"

"投奔梁山做甚么?"

"结仁结义!"

"过关!"大棒猛一顿地，大汉侧身，让出大门。

堂内早已设好一方高坛；问答完毕的人依次鱼贯而入，每人接过一支清香，在坛前并肩跪倒，举香过头，在执事带领下，齐声诵读：

"铜章大印往下场，满门哥弟听端详：大哥好比宋江样，仁义坐镇忠义堂；二哥好比吴用样，智谋广大兴山冈……"

祭坛正中供的是一个三尺多高的木斗。尽管没有任何文字，但谁都知道，它象征着梁山全伙好汉——木斗的圆周不多不少，恰恰是一百零八寸。

曾读过一本《洪门志》，对其中描述的洪门入门仪式留有很深的印象。当然，洪门之类的帮派，与我自是距离十万八千里，但我时常也会有一种按捺不住的强烈冲动，想狠狠扯烂砸碎身边所有的一切，甩下眼镜，坦开衣襟，朝天怒吼一声：

"上梁山!"

声嘶力竭之际，忽然感到脸颊隐隐灼疼，垂首轻抚，似乎有些烫手——难道我的鬓角，也被烙上一方金印了吗?

秋末的一个上午，我站在了梁山脚下。

小说上写，若想上山，照例该由负责迎送的头目朱贵等人，用一张鹊画弓朝水泊深处射一支响箭，不用多时芦苇荡中便会摇出一只快船前来接引。可我眼前的梁山，并不见一根芦苇，更没有半寸湖水，对我这样的江南人来说，空气明显有些过于干燥，看那山林土薄岩露，感觉也少了很多葱郁；四下仰望，峰峦平缓，更是不如想象中的险峻。

但这的确是货真价实的梁山。北宋末年的确有个叫宋江的英雄在这一带揭竿起义，率领弟兄们"横行河朔"，轰轰烈烈地大闹了一场。当时这里因黄河决口，也的确形成过一个"纵横河港一千条，四下方圆八百里"的浩淼水泊。北宋名臣韩琦曾有诗云："巨泽渺无际，斋船度日撑……蒲密遮如港，山遥势似彭。"

几百年间，几度成湖，几度干涸，海田陵谷之变自然令人唏嘘，但我此行并不为凭吊古迹而来。反复吟诵着崖壁上的巨幅碑刻，"撞破天罗归水浒，掀开地网上梁山"，渐渐觉得呼吸开始急促，心跳也像是越来越快，于是深深吐纳几回，紧紧背上的行囊，寻得路径——

上梁山！

石阶蜿蜒，穿林曲折而上。秋风时起，松林低低呼啸。但这秋声却令我起了幻听，仿佛四处鸣镝破空，嘶叫着擦身而去，齐齐指向山顶。

前方林莽间，会不会闻声跳出一群豪迈的汉子呢？

一路无话，景区甚是冷清，连其他游客都没遇上一个。依次过了山寨的一关、二关，无非是一道木栅栏或是一截城墙，在门外摆了些拒马之类的军械。不知为何，越往上走，心中的兴奋反而越在慢慢消散。山并不很高，不多时，便来到了所谓的左军寨。

当我面对着左军寨中那座还算高大的石像时，忍不住暗暗叹了口气，感到了一种蓄积已久的失落。石像雕的是把守此处的七位头领，林冲、史进、刘唐等人，号称“左寨七英”。石像雕工不能算差，甚至还有几分凛然之气，但让我感到遗憾的正是这点：尽管七人脸孔动作各异，但神情俱是一般的悲愤、一般的冷峻、一般的怒目而视；各人的身份，只能凭借标志性的兵器、装扮来区分。

在这寨中，谁又是谁，谁还能是谁呢？不过都是杀人汉罢了。

或许不能怪雕刻师，原著中绝大多数好汉，上了山后风采也都急剧黯淡了。一部《水浒》，在我读来，别说招安后的征辽讨寇，即使是抗击朝廷围剿的几次大战，虽然冲锋陷阵写得热闹，却早已味同嚼蜡。曾经活生生的一条条好汉，都失去了各自的面目脾气，成了听任摆布的棋子，管你对手是谁，一声令下，跳出来排头砍将过去就是，简直傀儡木偶一般。

如果以酒来比喻《水浒》，我以为，大聚义之前可算是高度美酒，烧刀子似的醇烈，聚义之后则掺水越来越多，到后来简直就是冰冷的白水了。

自从《水浒》问世之后，这个苦恼其实就一直苦恼着所有的读者。终于，有一天——距今也有三百多年了吧，苏州吴县有个秀才实在按捺不住了。也许那天他刚喝了点糯米酒，脸红红的，有些发烫；斜倚在桌前，他觉得百无聊赖，就从案头随意抽了一册书，正是读过不知多少回的《水浒》；他醉眼朦胧地翻着，不觉越看越怒，连脖子都胀得发紫，突然重重一拍桌子，大骂一句“宋江犬彘不食”，抓起一支笔，饱蘸了浓墨狠狠抹向手中的书卷。

墨汁飞溅，一部《水浒》被一劈两半。

这秀才就是金圣叹。他以笔为刀，腰斩了《水浒》，在“聚一百八人于水浒”后便终止了小说，并声称他是根据古本删的，原著本来就只有七十回。《水浒》流传中，金氏的腰斩始终是口水横飞的一大公案，对其动机也仁者见仁智者见智，有说不许被招安的，有说独恶宋江的，有说造反到底的，至今争论不休。

这个话题留给专家继续研究，对金氏果决的一刀两断，我倒觉得极为高明。他就像一名眼光锐利的园丁，在一朵花绽放到最艳丽的时候将其摘了下来——鲜花如美人，也是不愿人间见白头的。

当曲子弹到裂石崩云的一瞬间，夺下古琴砸得粉碎——悲歌就该永成绝唱，让所有的传奇都在这梁山顶上戛然而止吧。从此，梁山与好汉，好汉与梁山，完完全全熔铸成一体：山，永生棱角；人，再不俯首。

左寨旁有块平地，是山寨的演武场，传说当年林冲便是在此操练士卒。抚着竖在场边的旗杆，我在想，这位曾经的八十万禁军教头，训练喽啰时所用的口令，是否与从前在东京时相同？

偶尔怅惘，俯瞰山下烟水迷茫，他的脸上又是什么样的神情？

过了号令台、黑风口，见过李逵、花荣像，聚义厅到了。

外额“聚义厅”，内匾“忠义堂”，大厅内齐齐排开八行交椅，每张椅后都立着标有各位好汉名号的旗幡；正中独设三座，左首智多星吴用，右首玉麒麟卢俊义，居中当然便是金圣叹深恶痛绝的宋江了。

反正不是什么古迹，再看左右无人，径自上前，拍拍虎皮交椅上的浮灰，我昂然坐上了宋江的大位。

此座高出平地一级，居高而临下，整个厅堂尽收眼底。当年，宋江也是这样俯视着弟兄们的吗？他的眼里，曾经看到了什么呢？

粗瓷大碗重重撞击，满襟满袖酒水淋漓；狂呼朗笑，喝五吆六，桌斜椅翻杯盘狼藉；此处有人兴起，扯下衣衫，袒出满身花绣，捏枪抡棒舞上一回，喝彩震得屋顶灰尘簌簌而落；那厢有人向壁独酌，抽刀击柱，长啸当歌；忽闻脚下鼾声如雷，原是某位不胜酒力，瘫倒桌底……

有人端了碗酒，摇摇晃晃，从满地空坛间踢将过来，踉跄着把酒送到跟前，痴笑着大叫一声：“大、大哥，再干一回！”舌头已经发直，碗里的酒也洒了大半。

拍拍他的肩头，接过碗，微笑着一饮而尽——抹抹嘴角，怎地笑容中似乎藏着莫大的苦涩？

既然你们叫我大哥，那么做大哥的，便有责任为大伙谋个结局。且不提保家卫国、封妻荫子的抱负，这小小梁山，果真摆布得下你我弟兄百十年的终身吗？

“若是客商车辆人马，任从经过，若是上任官员，箱里搜出金银来时，全家不留。所得之物解送山寨，纳库公用，其余些小就便分了。折莫便是百十里、三二百里，若有钱粮广积，害民的大户，便引人去，公然搬取上山，谁敢阻挡！但打听得有那欺压良善，暴富小人，积攒得些家私，不论远近，令人便去尽数收拾上山。”说得义正词严底气十足，但本质里，还不是如李逵所说，大伙“无过只是水泊子里做个强盗！”

梁山原本有个“分赃台”，就在聚义厅右侧的山头上。那才是真正的古迹，刘基在元朝末年——那时《水浒传》还未成书——来这里时就曾见过，还写了一首诗抒发感慨。可导游图上标注的名称，却已换成了“疏财台”。

导游图上还标有一处“晁盖墓”。真伪不必管它，我记得有篇报道云：郓城有个晁庄，传说就是晁盖的老家。庄上有本始修于宋的《晁氏宗谱》，脉络清晰，代代有载，唯独不见“晁盖”。细细寻来，有一个“晁盉”，既无说明，又不入世系，孤零零单列，连父母都不相连。原来晁盖为寇，玷污家声，故将“蓋”字砍头，用“盍”入谱。

在宋江位上直望出去，正对着一座旗杆；时间尚早，那面杏黄大旗还没有升起来，低垂在半空，旗上正是“替天行道”四个大字。

认为占据梁山绝非长久之计的人并不只有宋江。国人有个禀性，凡事都要讲个头尾，所以很多人不满意被金圣叹砍去后半截的七十回本《水浒》，民间流行的还是“全伙受招安”，最后却只余下二三十名好汉的百回、百二十回版本。

也许是这般下场太过凄惨，后来，有人索性另起炉灶，按自己的愿望重新改写结果。明代林林总总的水浒戏曲中，作者大都替自己喜爱的好汉安排了圆满的结局。不少人甚至担心英雄寂寞，竟给他们牵起了红线：如《宝剑记》使林冲夫妻团聚；《水浒记》让宋江原配上山；著名戏曲家沈璟的《义侠记》中，连武松都得了一个称心如意的红颜知己。

可无论哪种，只要想给好汉安顿一个好下梢，就都绕不开招安。戏台上武松的洞房花烛夜，最显眼处也要供着一份招安敕书。

下了宋江的座位，我徘徊在空无一人的大厅里，另一种声音却在耳畔回荡：

“今日也要招安，明日也要招安去，冷了弟兄们的心！”

“招安不济事！便拜辞了，明日一个个各去寻趁罢！”

想到这里，便觉得有阵凉风向头顶袭来，悚然仰视，恍惚间仿佛见到灰蒙蒙的梁上猛地扑下一团李逵的黑影，“夺过诏书，扯得粉碎”，霹雳般炸一声：

“招安，招安！招甚鸟安！”

聚义厅边上，有座小小的亭子，里面围了块一米多宽的卧石，意思便是那从天而降、镌有“天罡地煞星”名号的石碣了。

这石碣自是假货，但书中所写那一块，果真便是“霞彩缭绕”，从“西北乾方天门上”轰隆隆滚将下来的吗？

托名李贽评点的《水浒》容与堂本，在“天降石碣”一节，赫然批下六字：“这是吴用诡计！”还在回末总评里点明了炮制此碣的两大造假高手：萧让、金大坚，并细细剖析了一番：“梁山泊如李逵、武松、鲁智深那一班都是莽男子汉，不以鬼神之事愚弄他，如何得他死心塌地？”

真也好，假也罢，反正在宋江、吴用心中，即使用了诡计也毫无愧疚。他们坚信，自己如此行事，都是真心为了众弟兄好；关于梁山的归宿，他们已经绞尽了脑汁，最后还是不得不相顾哀叹：除了招安，难道我等还有其他下山的路吗？

我想，最早发出如此叹息的，或许便是《水浒》的作者。

正如金圣叹“假仁假义不忠不孝”的痛骂，整部小说，最尴尬的角色非宋江莫属：好端端的一座梁山，事实上硬是毁在了他的手里，甚至临死还拉上李逵垫背。然而，对于作者来说，他既然选了宋江做主角，又给他起了“及时雨”“呼保义”的绰号，且观其下笔时绝少讽刺，塑造宋江的初衷应该绝无恶意。

关于《水浒》的作者，至今还没有一个很明确的定论。尽管基本逃不出施耐庵、罗贯中二人之手，无奈此二公身世也如羚羊挂角，难寻踪迹，仅能凭借古籍中零碎的记载勾勒出一个大概。可即便是只言片语，便已令人心惊：原来此二公非同小可，绝不能只以文人视之。元末大乱时，他们都曾入张士诚幕，为之运筹帷幄，那罗贯中更是雄心远大，竟然“有志图王”！因此其所描写的战术并不是纸上谈兵，据说张献忠常命人给他讲《水浒》，作战时依计而行，时得妙用；曾国藩的幕僚也报告，太平军将领亦将《水浒》作为军事教科书。

自然，施、罗二公的雄图霸业最终并未成功，从此只得认命，著书抒志。那么，假如将此与《水浒》大聚义之后的苍白生硬联系起来看，能否得出这样一个猜想：上山之后，是不是作者心力笔力俱竭，连他也不知道接着究竟该怎么办了呢？

造反到底革故鼎新，谈何容易！既然现实中已经山穷水尽，笔下自然也只能一派迷惘；以谋略家的眼光，最是清楚占山为王只能苟延残喘，可又不甘心书中的大好男儿坐待剿灭，那么小说到底该如何收场呢——

罢了罢了，招安了吧。

金圣叹认为俗本《水浒》以七十回为界，分属二人之手，聚义之后统统是乖谬拙劣的狗尾续貂；我倒以为，六百年前，任谁也收拾不好《水浒》。事实上，至今为止几乎还无人能做到：《水浒》的续书有很多，将一百零八人斩尽杀绝的只有一本《荡寇志》，更多的人想在招安之外为英雄们再寻出一条新路，但还是没有谁真正成功逃离了注定的悲剧宿命；而所谓的新路也不外乎虚无缥缈的远走海外，或是转移斗争的方向，用抵抗外族的入侵来回避与朝廷之间的矛盾。

然而受招安就真是一条光明大道吗?

明朝末年，这梁山上演过一部真实而残酷的《水浒》，那时湖水还没有涸尽，俨然还有几分八百里水泊的气象。

《明史》记载：崇祯十四年，“大盗李青山众数万，据梁山泺”，劫持漕运、攻城略地，声势颇壮。后被官军围剿，青山不敌败降，“献俘于朝，磔诸市”。

可悲的是，那李青山处处模仿宋江，大臣周延儒路经山东时，他专程前去谒见，表白自己只是率众替朝廷护漕，并非作乱；在被判处凌迟，用绳捆上要押去受刑时，大伙才发觉大事不妙，纷纷叫嚷：“答应让我做官的，缚我干吗?”

在刑场上，李青山拼命挣扎，把绑他的木桩都拔出了地面，不住口地大骂奸臣负约，直到被剐得只剩下一具血淋淋的骨架。

好歹留个全尸吧。颤抖着用一杯毒酒完结了一场劫数，低低咳嗽几声，那位心灰意冷的老人扔下笔，黯然从书桌前起身，佝偻着隐入了历史的云烟深处。

石碣亭后有一座小庙，根据《水浒》末回，题名“靖忠”，内里塑了三十六天罡星的像，各人皆有香火，吴用尤盛。因为像前特立一牌，上写："智多星吴用上应天机星，求学升官，一求即应。"

不禁莞尔。吴用者，无用也，当年作者落笔之初，心中便有了无限感伤：上了这梁山，纵是你有通天智慧，终究还是落下一个无用！

"天南地北，问乾坤何处可容狂客？"

梁山最高处筑了个雁台。独立台上，迎着山风，仰望万里苍穹，我用宋江的词句，也向老天发一声问。

碧空如洗，连浮云也不见半缕，更别说有雁行经过；除了几面令旗猎猎飘舞，杳无他声。

这份寂寥令我想起了金圣叹对《水浒》书名的阐释，他说：王土之滨有水，又水外曰浒，题名"水浒"者，"天下所共击、天下所共弃"，表示应该将宋江等人远放穷荒，不与同中国。

不知金圣叹有没有意识到，梁山所在，却是儒学源头鲁国故地，甚至距离孔子故里只不过几百里——假如圣人眼见一伙好汉在身边闹腾，又会做何反应呢？

《庄子》便曾经设计过一个场景，让孔子出面替好汉们指引方向。只是我说不清那种形式究竟该算是放逐，还是另一种条件优厚的招安。

“将军如果能听我一句话，我就派人出使列国，让他们选一块地方，共同为将军造一座数百里的大城，尊将军为一方诸侯，大家罢兵休卒，共享太平。将军下可抚养兄弟，上能供祭祖先，岂不皆大欢喜？”

书里的孔子讲这番话时，可能就在这座山上。他苦口婆心劝谏的对象，同样是个鲁国人，梁山好汉的老前辈，著名的盗跖。其时，盗跖“从卒九千人，横行天下，侵暴诸侯”，“所过之邑，大国守城，小国入保，万民苦之”，“为天下害”。

盗跖的反应出乎孔子意料的激烈。他勃然大怒，从三皇五帝骂起，痛快淋漓地驳斥礼法仁义的虚伪，表示自己决不受骗上当，并且责问孔子：“你以矫言伪行谋求富贵，要说大盗再没有比你大的了——天下人凭什么只叫我盗跖，不叫你盗丘呢？”顺带着他为子路抱不平，说这条铁骨铮铮的好汉硬是被你哄骗得放下利剑戴上了儒冠，可到头却落个惨死，足见你这套说教纯属屁话；最可笑的是，你如此劳心费力，为天下人奔走呼吁，自己却混得像条丧家狗一般，“不容身于天下”——“子之道岂足贵邪？”

盗跖最后说：“人生一世，至多不过百年，无异于白驹过隙。其间除去病丧忧患，能开口欢笑的，又剩有几天。如此有限的岁月，若还不纵情畅意的，都是不通大道的笨蛋。你孔丘不必再废话，赶快走吧！”

孔子满怀好意，兴冲冲而来，却被狠狠奚落了一回。出门上车还惊魂未定，好几次把手里的缰绳都掉了，面如死灰，垂头丧气而归。

缓过神后，孔子细细回味盗跖的言语，不觉感慨：“唉，明明没有生病，却自行把艾给灸上了，我真是多此一举、自讨没趣啊！”

《吕氏春秋》载：盗跖死后，握着一柄大金椎下葬，扬言带到地下去敲打六王、五霸的头。

在梁山顶上，我也在细细回味这句感慨，忽然脑中生出一个前所未有的念头：莫非，大家都错了？

《庄子》假托的孔子也好，罗贯中或者施耐庵也罢，还有那些善良的续书作者，乃至宋江、吴用，所有人或许全都是自寻烦恼，白白操了不必要的心。

是不是，在真正的好汉心里，根本就没有“结局”这两个字？

想笑就笑，想哭就哭，瞧不顺眼张口就骂，遇了不平挥拳就打；渴了大碗喝酒，饿了大块吃肉，累了倒头便睡；一生磊磊落落率性而为，只求恩怨分明眼下快意，反正赤条条来去无牵挂，管你明朝天崩地塌！

也许真到了那一天，或是力气竭了，或是“杀人放火不易”，厌了，随处“捉把禅椅，当中坐了，自叠起两只脚”，转瞬间甩下皮囊烟消云散。

若还有怨气未尽，不妨提上那对板斧，“大吼一声，独自一个，去打这东京城池”，在满地污血里挺胸迎接齐发的万箭。

过一天酣畅十二个时辰就已足够，谁耐烦为下一刻精打细算！

“逼上梁山”，一句老调传得烂熟，但可曾有人仔细数过，一百单八位内，如林冲那般真正被逼上绝路的，共有几人？怪叫一声，放把火把自家宅院烧个精光，欢天喜地去落草的，又有多少？

火光中彼此抱一抱拳，呵呵狂笑。宋江一片苦心，落在这些被世俗拘束得几乎窒息的莽汉眼中，尽管感激但还要怪上一句大哥原来好没分晓；那块镌满了蝇头鸟字的石碣，更是只能换得鼻间一丝嗤笑——我辈原本就是为了挣脱网罗绳索而来，怎地来到此处，却仍旧搞什么天上地下、三六九等的道道？

干了碗里的酒，发一声喊，抡起大锤将那高高供起的石碣砸得粉碎，顺手再砍翻那杆杏黄旗——去他娘的替天行道，洒家不理甚么老天，也不晓得甚么大道！

“打了人的才是好汉！与我将这吃人打、不长进的枷起来示众！”摇摇摆摆罩了一件绿袍公服，我铁牛也坐衙敲上一记惊堂木——洒家肚里，另有一套天理！

这般想着，再看那山，竟觉得目光到处，山石纷纷活动起来——梁山虽不很高，但景色甚奇，山壁裸立，沟壑纵横如凿；石白壑黑，纹理夭矫遒劲，宛如一幅白描人物长卷。

打虎、卖刀、醉闹五台山、智取生辰纲……

满眼皆是腾挪跳跃的人形，热热闹闹地纠成一团，不多时，便汇成了一支剽悍的队伍，各执长短兵刃，呐喊着飞奔。像是有股大浪在岩壁间翻滚冲撞，直至将整座梁山都卷入滔滔洪流之中。

是了，只有不停奔流才是梁山。

据史家考证，宋江义军与春秋时的盗跖一样，采取的都是流动作战的策略，冲州撞府，驰骋天下，并没有过一个固定的根据地。

严格意义上说，真实的宋江起义，与梁山并没有太大的关系。

天下其实从未存在过那么一座梁山。

但哪位好汉脚下，没有一座梁山？只要不回头，不弯腰，不停步，猛地一跺脚，世间何处不是梁山？

梁山就像一艘渡船，一轮又一轮，一代又一代，承载着每一位召唤它的人，陪他们用一生去流浪、去闯荡，尽管它永远靠不了岸。

不知不觉，有股热气从脚底升起，我的血液好像也开始沸腾起来。喘息片刻，在梁山顶上蓦地高喊一声：

上梁山！

石壁上顿时大雪纷飞，依稀可见一个孤单的身影，顶着寒风，在泥泞里跌跌撞撞地赶路。

为客天涯

江西·龙南围屋

福建·永定土楼

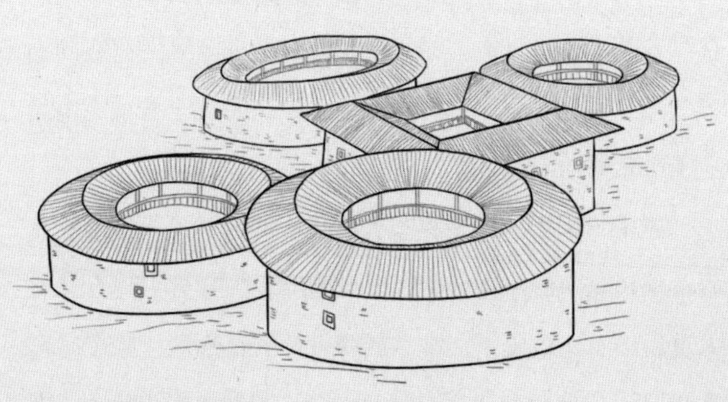

就在客车转弯的一瞬间，突然有张脸在我眼前一闪而过。

虽然只是一瞥，但我已看清了他的神情：肌肉僵硬，目光拘谨，勉强挤出的笑容呆滞而郑重。这是一位相貌再普通不过的乡间老汉，六十多岁，穿着一件领口翻卷的蓝色旧中山装。

关于他，应该还有更多的信息，如今都以印刷体标注在他的右侧——我所看到的，是一张粘贴在电线杆上的寻人启事。

令我惊讶的是，我并不是第一次看到这张黄色纸片。对，它曾经出现在龙岩。我能够确认，它与我两天前在龙岩汽车站外墙上见到的那张，出自同一台打印机。

客车开向龙南县城。龙南位于江西省最南端，距离广东只有几十公里，龙岩则属于闽西。从龙岩到龙南有四百多公里，也就是说，寻找者相信，走失者完全有可能消失在千里之外。

赣南与闽西，都是客家人最集中的地区，而这张从龙岩追踪到龙南的寻人启事，坚韧地对世人宣告：客乡又有人重新出发，恢复了“客”的身份——很抱歉，除了瞄过几眼照片，我并未细读上面的文字，不知道老人的失踪究竟是缘于理智还是病态，但有一点可以肯定，他与家之间已经相互失落；或者说，不管出于什么原因，他又一次将家远远地留在了身后，孤身一人踏上了吉凶未卜的陌生道路。

就像过去千百年间，曾经来往于这片土地上的无数过客那样。在这个早春，从闽西到赣南，这一路上，我也是一名行色匆匆的过客——一名追寻着昔日过客遗迹的过客。

庭院东侧有口两米见方的方形古井，井壁光滑，井水清冽，细看之下，发现居然还悠然游弋着几尾小小的锦鲤。

尚不及赞叹主人的雅致，讲解员的几句话便改变了我的心情："养这些鱼是防止被人投毒，只要鱼活着，这口井里的水就还能喝。"

暗叹一声，抬头再看这座老宅时，竟感觉阴云密布；梁柱檐角，所有的木纹砖隙都无声无息地散发着冰冷的杀气。

关西围，龙南最著名的客家围屋，此刻，我就站在祠堂前的门坪上。在此之前，我已经去龙岩的永定参观了土楼；与围屋一样，那也是客家人最有特色的建筑。尽管围屋与土楼在外观和材质上有明显不同——围屋以方为主，而土楼多为圆形；围屋外墙土砖混合，土楼为土木夯成——不过它们给我的第一印象毫无差别，带来的都是一种紧张，压抑，甚至不祥的气氛。

每座围屋或者土楼都是戒备森严的武装城堡。它们用厚达一两米的土墙（墙土掺入红糖糯米浆，连铁钉都难以钉入）或是坚固的岩石青砖，把自己密不透风地围护起来。不仅将进出的门户降低到最少，还把实心门板包上厚铁皮，纵横插几排粗大的门闩，并在门框上方砌下能浇灭敌人火攻阴谋的水槽。窗与门同样是最薄弱的部位，所以宁愿牺牲采光，所有窗口必须高悬而窄小。居高临下的还有另一种洞窍，瞭望孔与枪眼，开凿方位经过精密计算，火力彼此交错，不允许出现任何盲区。如果是围屋，还可以在四个墙角筑起炮楼……围屋或者土楼的主人，竭尽了他们所能想到的一切手段；在初级火器阶段，这种努力相当有效。

但他们从未因敌人的退却而放松警惕，而是随时等待着下一轮攻击。只要门外响起节奏异常的脚步声，梅花形的瞭望孔后便会有眸子蓦然闪亮，猜疑而谨慎，对任何一个试图靠近它的外人表现出强烈的敌意。

直到今天，我在进入被开辟为旅游景点的土楼围屋时，还时常会有这样的想象：我的所有举动，都在许多双隐形眼睛的监视之下；而我的后背，则始终被一杆不知架设于何处的黝黑枪管幽灵般地瞄准着。

对待朋友，客家人其实是热情友善的，如此想象或许只是我个人的错觉；但楼屋中客家人的对话，却令我愈发加深了这种想象。

我很难形容那是一种什么样的语言，柔韧，阴凉，湿润，音调总是在出乎意料的地方转折，就像一条时隐时现，穿行在密林深草中的扭曲山溪。最重要的是，同为南方人，而且彼此邻省，我竟然难以听懂任何一个字。与在北方游历时相反，这种听觉上的隔阂，令我沮丧地发觉自己没有丝毫混入他们生活的可能性：对于外人，他们的方言诡异而封闭，完全能起到暗号、隐语，甚至密码的作用。只要一开口，他们就能够区分异己。

但同时我又清楚地知道，异化的反而应该是我自己——我几乎完全听不懂的客家话，很大程度上，其实是最传统、最正宗的中华语言。很多学者认为，客家话的源头可以追溯到周朝。有一个最简单的证据，用客家话诵读《诗经》，要比普通话顺畅得多，尤其是艰涩的大、小雅，在客家人嘴里，诘屈聱牙的韵脚如同枯树上迸开的一朵朵蓓蕾，将风干几千年的文字还原得珠圆玉润。

假如周文王或者姜子牙复活，站在楼屋里，他们想必不会如我这般茫然，甚至还可能用单音词愉快地互致问候——很多只残留于典籍上的老词汇，客家人至今仍在使用；在客家地区，连一口锅、一捆柴，都可以用来注解古汉语词典中的某一页："镬""樵"。

在客家楼屋中，我试图寻找这种封存时间的力量。很快，我发现了，那是一种向下、向下、再向下，直至深入地底的姿势。

是承启楼给了我这种感觉。走在楼中最高的那层回廊上时，我隐隐有种被卷入旋涡的眩晕。首先失去的是方向，一圈一圈的盘旋中，再分不出东南西北；而无论我有意还是无意地回避，视线总是不由自主地被引向楼底中心。

永定乃至整个闽西最有代表性的客家土楼承启楼，是一座直径63米的圆楼，号称"土楼之王"。由外到内，全楼由三圈从四层、二层、一层，依次矮小的同心圆楼相套合成。从高处俯视，这三个由高到低的圆环，就像一枚巨大钻头的螺纹，螺旋着扎入大地深处。

三环环心的钻尖，也就是吸纳所有视线的焦点，是一间小小的砖墙瓦房。

这间被重重围护的小圆房，是承启楼的心脏；里面香烟缭绕，供奉着楼中所有居民的共同祖先：承启楼共有三百多间房，鼎盛时住过六百多人；而每个房间的户主都姓江，血管里流着相同基因的血。

此次行走，我先后出入过数十幢客家建筑，虽然方圆不等，特征迥异，但任何一座宅院的中心正位，都安放着祖宗的牌位，无一例外。

如此格局，尤其是承启楼那种多层圆楼的设计，很容易令我得出这样的结论：祖宗，是客家人的信仰和灵魂；客家人活着的第一目的，几乎就是保护和延续宗族。祖堂，不就是一粒在高墙拱卫之下，深埋入地底的种子吗？

祖先留下的客家话，自然就是召唤这粒种子破土而出的古老咒语。“宁卖祖宗田，不卖祖宗言”；失去几块田地不要紧，只要种子在，维持种子活性的语言在，随时随地都能够再次发芽，长回一棵参天大树。

围绕着祖堂的所有楼圈，恰好构成了大树的年轮——客家人的楼屋，尤其是圆楼，在建造之初就留有余地，随着人口的增加，能一环一环不断向外扩建。

环环相套的楼圈还令我想到了罗盘。客家人对风水的重视在世界上数一数二。江西人为何被称为“老表”有多种解释，其中之一就是说江西人，特别是赣南客家人痴迷风水，经常随身携带着观测方位的罗盘——民间也叫作表，久而久之，便出现了“老表”这个带些戏谑的称谓。

然而，风水之于客家人，以我的理解，趋吉避凶还是第二位的，终极目的不如说是一种远隔万里的呼应和归附。

罗盘的每次旋转，都寄托着一个宗族的殷切期待。据说每只罗盘的指针都带有来自陨铁的神秘磁性，能够破解草木与沙土的种种伪饰，从而探测出峰峦河谷的真身；他们希望借助罗盘得到一双慧眼，最终找到那条潜行在中华大地上的巨龙——寻龙，这就是风水先生对自己事业最倨傲的介绍。

寻龙之后便是点穴。随着风水先生的一声轻咳，一根带着露水的竹枝被插入地面，从此又有一群人走出歧途，重新回到了这条巨龙的骨节上。

这条想象中的龙脉，就是客家人迁徙时的路标，无论走得多远，只要始终把自己与龙脉维系在一起就不会迷失；而且，从理论上说，如果沿着龙脉倒走，还有可能找回自己从前的脚印，一站连着一站，直至回到最初的起点，永恒的故乡。

据说客家人建房，必须加入一块故乡祖宅中带来的砖瓦；被比喻成年轮的楼屋，同样也可以比喻成客家人用祖宅的砖瓦在异乡水面上激起的一朵朵涟漪——那块砖瓦的位置是客家最大的秘密，绝对不能让任何外人得知。

不过，风水毕竟有些虚幻，很多时候，来龙去脉与祖宅砖瓦仅仅只是无可奈何的自我安慰。很多人不得不面对这样的现实：自己坚守的脉络其实形迹可疑，甚至早就断裂在了某个杂草丛生的荒原。

在龙南另一座客家围屋燕翼围，我有幸结识了建造围屋的赖氏后人。在他那间光线有些不足的客厅中，我有点冒昧地问起了赖氏的源流。

我的本意是想了解他们家族南下的具体时间和路线，但主人的回答却出现了长达几千年的空白。除了告诉我赖氏原来是春秋战国时的一个小诸侯国外，他再也没有给我更多明确的信息。

当然，这样的回答也可能是出于对陌生人的戒心。我相信，假如摊开赖氏族谱，我应该能找到精确到年月日的记录——不必怀疑族谱的存在，三代不修谱，在客家已属莫大的不孝。

但是，我记起了民国军阀杨森认祖的经过。

杨森也是客家人，先人自清康熙年间入川，至民初已历九代。入川伊始，杨家便世代相传一句遗嘱："我们的老家在湖南衡阳草塘，你们有机会，一定要寻宗认祖。"不料，不知哪一辈临终时神昏气短，传漏了"衡阳"两个字，从此杨家丢失了确切的祖地。直到抗战，杨森入驻湖南，费尽心机，加上机缘巧合，才幸运地找了回去。

在归宗祭祖仪式上，杨森泪流满面长跪不起。

这足以佐证族系传承的脆弱与艰难。不必列举兵燹水火，任何一个偶然，都可能是埋在客家人来路上以清除痕迹的炸弹；甚至连修谱行为本身也能造成真相的流失：子孙们简练的文字、善意的修饰往往会将先人饱满鲜活的躯干涂抹得面目全非。

于是，在口头与纸张之外，客家人也把记忆砌进了楼屋。他们在门额上，以简洁的文字点明自己的郡望姓氏：比如钟姓写"知音高风"，孔姓写"尼山流芳"，用最值得夸耀的同姓名人来昭显本族的源远流长。这便是客家特有的姓氏门榜。

某种意义上说，标有姓氏的大门才是整座楼屋真正的关键，起码在风水上是这样。造楼选址时，风水先生最先定下的不是祖堂的位置，而是正门的门槛中点。

只是与北方的平展宽阔相比，南方零碎的山水，复杂的地貌，使这种玄妙的勘测在实际操作时要困难得多。

与在门榜上高调标示姓氏相反，客家人对自己所处村落的名称却好像常抱有一种视而不见的态度。很多时候，村名与居民的族姓存在着南辕北辙的错位。

比如，赖姓的燕翼围，所属的村庄却叫杨村。

那位赖姓后人告诉我，现在杨村中都是他的族人，一个姓杨的也没有。

他还说，杨村人原来自然姓杨，只是因为他们争不过后面搬来的赖姓先人，全部迁走了。

他无法讲清自己的先人们究竟从什么地方来到这里，也说不明白杨村易主到底发生在什么朝代。我倒是看过一份资料，说某支赖姓曾在六百里外的宁都创建了一个赖村，但如今所有的村民都姓宋，也同杨村一样名不副实。

资料记载，宁都赖村最早的宋姓在明中叶时迁入，只有一户人家，老弱妇孺算全才七八个人；而当时的赖村，正被赖姓经营得枝繁叶茂根深蒂固。

学界一般按先来后到把客家人分为两个群体："老客"与"新客"。"新客"有个别名，叫"棚民"，意指潦倒贫困，以草棚为宅，几乎类似于乞丐。吊诡的是，几代之后，家大业大的老客往往会被赤手空拳的新客反超，进而像赖村杨村那样，被新客集体驱逐。

很多学者试图解读这个现象。不必重复什么新客吃苦耐劳、忍辱负重的老调，当我登上燕翼围的炮楼，透过碗口大小的射击孔眺望阳光下的杨村时，我告诉自己，脚下的楼屋就是答案。

只要把自己围裹起来，即使你筑起的墙再高再厚再坚不可摧，在大门砰然关闭的一刹那，形势就发生了根本逆转——从此攻守异位，围屋中的人，不可避免地开始了退却。

进入围屋，也就宣告这族人结束了进取，将主动攻击转换成了被动防御。

如今的燕翼围内墙斑驳，很多地方露出了砖块，但墙面不一定全是自然脱落。当年赖氏先人造围时，曾用红薯粉拌蛋清糊墙，被困得弹尽粮绝时可以剥来充饥。这是很多赣闽一带围屋土楼都会采取的策略，听起来深谋远虑，但随便从哪个角度看，都只是一种消耗挨打，而不是灵活可持续的战术。

在将祖堂扎下根来的同时，楼屋也牢牢将整族人钉在了大地上，成为一个身形臃肿的庞大标靶。瞭望孔现在调转了方向。来自高墙的压迫与对高墙内安逸生活的嫉妒，无时无刻不在草棚中酝酿着仇恨与觊觎；但楼屋里的人们能做到的，只有彻夜不眠的忐忑等待，因为他们已经动弹不得。

而任何形式的停滞，都意味着进入衰老。譬如泉水，如果所有出口都被淤堵了，它很快就会开始腐臭。

就像被一群饿狼轮番撕咬的疲虎——新客实际上还是最温和的对手，更可怕的敌人还有土匪、流寇，甚至调转枪口的官军——疲虎也许一时还能占据上风，但结局早就已经注定。

赖村杨村，在自己的地界，留下上一任主人的姓氏，是一种对当年惨烈争斗的纪念，和来之不易的胜利的炫耀吗？

提到杨村杨姓时，那位赖姓后人语气轻松，表情平淡；杨赖两族残留在村名背后的血腥，早已被几百年的风雨洗刷得干干净净。

虽然没有足够根据，但我还是愿意把赖村的赖姓与杨村的赖姓视作同一支。

如果这种假设成立，那么，从被宋姓逐出赖村，到把杨姓逐出杨村，南下六百里的路途间，赖姓恢复了元气，又完成了一次虎狼身份的转换。

流水不腐。我以为，正是这一次次满身血污的仓皇出走，一次次从头再来的艰难奋斗，保持了客家人的团结和活力；如果没有一波接着一波的竞争，陷入沉睡的楼屋，存在的意义更多的可能是安详地迎接老死、崩析。

但任何一次出走都是被迫的，夯墙的同时，主人也在狠狠夯下安定的愿望。每座楼屋的结顶，都是客家人一辈子、甚至几辈子最盛大的庆典——由于工程浩大，楼屋的修筑经常跨越几十年，祖父挖基孙子完工的例子比比皆是。

然而，在不少楼屋的建造铭牌上，像杨村与赖姓一样，我又察觉了明显的错位。喜庆的鞭炮炸响在楼屋的同时，整个国家却往往乌云密布。

我反复在楼屋中遭遇刻骨铭心的年份，比如：

魁聚楼，建成于1839年，那年夏天，林则徐在虎门最后一次维持了近代中国的尊严；

福裕楼，建成于1884年，同样也是夏天，法国海军在福州马尾，全歼了福建水师；

如升楼，建成于1901年，辛丑年，因为一份空前耻辱的条约而永载史册；

还有笼统的崇祯年间、顺治初年，随便哪一个熟悉中国历史的人，面对它们时都会有种不自觉的窒息……

这种悲喜的对立令我想起了多米诺骨牌。再剧烈的冲击，从远处奔袭而来，也得经过一站一站的传递，也得有个时间的延迟与缓冲。然而人间没有真正的世外桃源，乱世中的宁静总是暂时的，再偏远的山凹，迟早有一天，也会出现一群衣衫褴褛的陌生身影——那张倒在数千里外、命中注定要重重砸向自己的骨牌。

在永定湖坑镇的一条小溪边，这种环环相扣的蔓延奇迹般呈现在了我的眼前：一百多座方圆土楼沿着溪水两岸断续耸立，连成了一条长达十几公里的土楼长城。站在观景台上，俯瞰着这条如火药引信般的粗大绳索，我忽然意识到，客家的楼屋，或许可以视作中华历史的另一种记录符号；而客家人的每次迁徙，都是一页用脚步在大地上的苦涩书写。

一代代客家人前仆后继，书写的底色一点点由干燥的黄过渡到潮湿的绿，最后还出现了大块大块的蓝：他们一步步跨过黄河，跨过长江，跨过赣江、珠江，很多人甚至走出了大陆，扬帆远航。

而所有这一切的最初动力，都来自远方，那灯光聚焦的舞台中央。飓风的源头，不过是蝴蝶轻轻扇动几下翅膀。

无所谓善恶胜败，只要动起刀枪，最深的伤口总是会转移到客家人身上。换句话说，客家人的出现，原本就是为了疏散历史的瘀血，担当历史的疼痛。

但客家人无怨无悔，因为他们自己曾经就是舞台上粉墨登场的主角，并永远以此为豪。

更让客家人骄傲的是，千百年后，随着舞台上帝王将相的轮番淘换，放眼天下，有厚实楼屋做盔甲的他们竟成了保存正统文化最多的群体。

虽然看起来，能听懂他们话的人越来越少，他们与舞台的距离也越来越远。

一个“客”字，不仅表明了这个族群重返故乡的坚定决心，也暴露了他们对寄人篱下的委屈与不甘。

因此，他们时刻准备着下一次启程。

我甚至能从他们的楼屋名中体会到漂泊的味道，比如燕翼围。

燕翼围的得名，一般解释是以《诗经》“诒厥孙谋，以燕翼子”之意，为子孙讨个好兆头；但也有人认为，是因为东西两角炮楼凸出墙体，如飞燕展翅。

我赞同后者。我猜测，燕翼之名，或许还寄托了一种远走高飞的梦想，因为这符合客家人一贯的危机感。

燕翼围中有口暗井，井内密设地道直通围外；平时用土填埋，山穷水尽时可以掘开弃围而走。

无独有偶，关西围也为子孙留下了一条后路。看上去，那只是一堵普通的墙，其实墙砖虚砌，只要用力一推便能破围出逃。

随着捧着族谱牌位的背影从围城的缺口中鱼贯而出，波心那块老砖悄然远去，曾经风生水起的涟漪干涸成了一枚枚或圆或方的黄土印章。无数枚这样的印章，将一部伤痕累累的《百家姓》，浓浓淡淡地盖在了南方崎岖的山林间。

袈裟上的灵山

江西·大余梅岭

湖北·黄梅东山寺

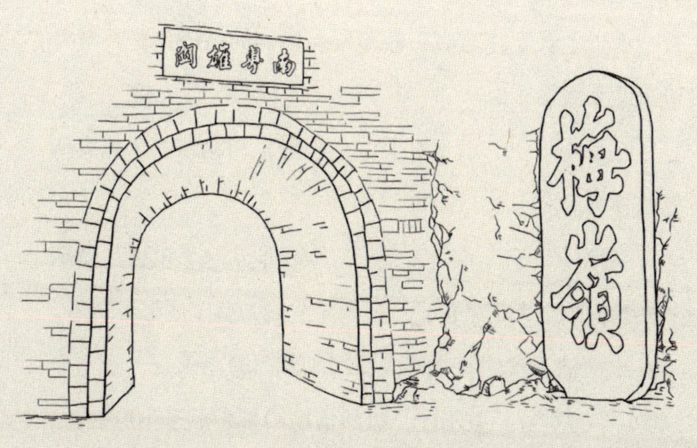

我目测，这块长约尺半的条形青石，三十斤左右。由此推断，卢行者的体重至多只有一百来斤，身材当在中人以下。

因为这是一块坠腰石，卢行者只有将它用绳穿了，系在腰间，才压得住那座舂米的踏碓。

我看到的碓是新建的。坠腰石据说还是唐代传下的原物，由于年头久远，棱角已经磨得很钝，麻灰色的表皮也有了一层隐约泛着油光的包浆。

一圈栅栏严密地围护着这块石头。在佛门中，这座碓房，早已成为圣迹。

我是在黄梅的东山寺见到这块坠腰石的。

黄梅属于湖北黄冈市，是鄂皖赣三省交界处的一个县。不过，关于卢行者，我最早接触到的遗迹，是在赣粤边境的大庾岭。

在那座岭上，看似纤弱的卢行者，却显露出了匪夷所思的神力。

只用一只手，卢行者就轻轻松松地拿起了包裹。慧明和尚看得整个人都呆住了，连手里的戒刀坠了地都不知道。

出家前，慧明是个军人，弓马娴熟膂力出众，还有个“将军”的外号。但刚才，纵然他把脸都憋成了猪肝颜色，也无法将那个包裹提起分毫。

慧明已经将力气使到了极致，他怀疑自己连大树都能够连根拔了起来。但那个小小的土布包裹，就像是铸在石上一般，纹丝不动。

刹那间，慧明如遭雷击，心中无数个念头闪过。似乎想到了什么，他突然浑身战栗起来，蓦地跪倒在卢行者面前，连连嘶声道："请行者开示于我。"

大庾岭上，慧明一边祈求，一边重重地以头叩地，到了后来，竟然抱着卢行者的腿号啕大哭，似乎全然忘了，就在片刻之前他还一心要取了这人的性命。

慧明只是众多追兵中的一个。过去的两个月间，除他之外，至少还有数十名僧人，满世界蹑迹搜逐，愤怒地追杀卢行者。

他们必须夺回那个包裹。

因为包裹里，有一件达摩祖师传下、佛陀穿过的袈裟。

我到大庾岭古道，是三月的下旬。

赣南山林近乎凶猛的葱郁，令我更加为自己的迟到而感到遗憾。若是早来半月，我这一路就能够在重重叠叠的梅花丛中穿行——因为漫山遍野的梅树，这条穿越南岭最重要的驿道也被称为梅岭。

我是从江西这边登岭的。驿道不长，用了四十分钟我便从岭脚到了岭头的关楼。关楼是宋物，朝江西的门额是“南粤雄关”，朝广东的则是“岭南第一关”。站在关下，一身便横跨了粤赣两省。

过了关楼，往南两三百米的山凹处有一座小亭，亭内罩着一块略呈椭圆形的磐石，相传便是卢行者放包裹的地方，故而得名“衣钵石”。

当年，就是在这块石头前，慧明与卢行者分道扬镳。慧明依然北还，而卢行者，则重新背负起那个包裹，往南继续逃亡。

卢行者的身影很快隐入了岭南的密林。他的再次现身，已是十多年后。

“不是风动，不是幡动，仁者心动。”

广州法性寺。原本喧嚣的禅堂瞬间安静了下来。所有的目光都聚集到了说这话的汉子身上。

那是个三十多岁，猎户装扮的中年人，身躯瘦小，相貌平凡，杂在听经的信众当中，实在看不出有什么特异之处。但不知为何，无论僧俗，都感觉到了，这个貌不惊人的猎人身上，似乎隐藏着某种巨大的力量。

堂上主讲的印宗法师更是诧异万分。今天讲的是《涅槃经》，为了便于理解，他特意拈了堂前的风吹幡动为例。如他所料，或说风动，或说幡动，听众们展开了热烈的辩论。眼看两派都阐述得差不多了，他刚要做一个总结性的评判，不料正在这时，那人从人群中站起，突兀地插了这么一句话。

“仁者心动”四个字，如同一道闪电击中了印宗。他感到体内某处阻塞多年的淤堵在瞬间贯通了，浑身的血脉都激涌起来。他马上想起了一个人，心跳骤然加速，连忙起身，强抑住激动，合掌恭敬问道：“我早已听说黄梅的衣法已经南来，莫非，您就是——”

那人微微点头，从随身的包裹中掏出了一件猩红的袈裟。

印宗法师大喜，当即匍匐在地，请求他收自己为徒。

那人答应了印宗。只不过，在此之前，法师得先替他剃度。

他告诉印宗，自己俗家姓卢，法号慧能。

这个法号，是十五年前在黄梅的东山寺得到的。那时，慧能只有二十多岁，只不过是寺里的一个粗使行者，每日在碓房劈柴踏碓。

除了法号，东山寺的住持弘忍大师还亲手交给他那件珍贵的袈裟。

在黄梅本地，东山寺又被称为“五祖寺”，因为弘忍大师，便是禅宗第五祖。

所谓禅宗，又名“佛心宗”。据说当日灵山会上，佛陀拈花示众，众皆默然，唯有迦叶尊者破颜微笑，遂传下这门以迦叶为始祖的佛法。迦叶之后，禅宗在印度传了二十八代，号称西天二十八祖，第二十八祖便是达摩；入华之后，达摩转而为中国初祖，禅宗继续代代相传，到了弘忍，已是第五代。

新一代祖师都由上一代亲自指定，而传承的证物便是那件袈裟。也就是说，弘忍托嘱袈裟的那一刻，这位尚未落发受戒的杂役，已然被授记为禅宗六祖。

而慧能得以被弘忍选中，只因一首二十个字的偈语。因为不识字，这二十个字，还是请一位读书人帮他写在墙上的。

“菩提本无树，明镜亦非台；本来无一物，何处惹尘埃?”

就是这短短四句偈，让慧能战胜了弘忍的大弟子神秀，承受了达摩的法衣。

大师兄神秀上座，少习经史，博学多闻，深得弘忍器重，甚至委托他代自己向师弟们教授佛法。后来弘忍年老，为付衣法，命弟子们各作一偈，以察看各人的见地，以择传人。

“身是菩提树，心如明镜台；时时勤拂拭，勿使惹尘埃。”

见了神秀的这首偈，弘忍将所有门人唤来，令他们在偈前焚香礼拜，说若能依此修行，便可免堕恶道。但当天夜里，他单独召见了神秀，告知此偈只到门外，未入门内，欲觅无上菩提，还需勉力修行。

东山寺始建于唐永徽年间，因山而得名，位于黄梅县东十二公里处的东山之上，与九江隔长江而望。

有东山便有西山。黄梅西北方向三十公里处的西山上，同样有一座古刹。

论起来，西山的这座寺，比东山早上一辈。东山寺由五祖弘忍所建，而西山则是他的师父，禅宗四祖道信大师的弘法之地，弘忍也在那里随侍了三十多年。

在当今，除了黄梅戏为人熟知，黄梅并不出名。但在唐前期，这座小小的山城却是天下最著名的禅学中心。尤其是弘忍在东山开辟道场后，更是吸引四方学者纷至沓来，常住门徒多达千余人，被称为“东山法门”。

据记载，五祖寺最盛时竟有殿宇、庵堂和亭台、楼、阁一千余间。我见到的五祖寺，整个建筑群依照山势，分为上中下三部，格局严谨，层次分明，依然可以想见当年的宏伟雄壮。

天王殿、大雄宝殿、毗卢殿、真身殿。每谒一座佛殿，我都会仔细寻找一条长廊——据说，神秀和慧能的那两首偈，就是写在某块廊墙上的。

一千多年间，战乱兵燹，寺庙已经翻修多次。东山寺展示给游人看的六祖遗迹，只剩下了那座碓房。不过这已经足够了。在东山寺的八个月中，几乎所有时间，慧能都在这座碓房中干活。

作为一个其貌不扬而且没有任何文化根基的岭南人——慧能的时代，岭南还是一片蛮荒，在东山寺，慧能受到了严重的歧视。甚至连弘忍大师，第一次见到这位千里迢迢前来求法的后生时，都不免嗤笑，说难道你这獦獠也想作佛?

但看过“菩提本无树”的偈后，有一晚的三更，弘忍却暗暗将慧能叫到自己的房间，为他讲解了《金刚经》，并郑重将衣钵传授于他。

就在满寺僧众的酣睡声中，禅宗史上最重要的传承悄然完成。

当慧能将袈裟从窗上取下——为了防止泄露，弘忍用法衣遮住了窗户，虽然夜浓依旧，师徒眼前却是无限光明。

传法当夜，慧能就离开了东山寺。

“慧能，自古传法，气如悬丝。若住此间，有人害汝，汝即须速去。”

传说弘忍亲自撑船，送他过了长江。

看着老迈的弘忍把橹摇船，慧能请他安坐，换自己来摇。弘忍说本该由师父来度徒弟。慧能道：

“弟子迷时，尚须师度。今吾悟矣，合是弟子自度。”

送走慧能，回到东山寺后，弘忍不再讲经。弟子问他，他回答：“佛法南行。”

“谁得了？”

“能者得之。”

慧能是从九江过长江的。两个月后，他回到了大庾岭。

岭下便是故乡了。十个月前，他还是一名樵夫，今番回来，却已是一代祖师。站在岭头，慧能恍如隔世。

而我在岭上，则有另一种感慨。

虽然海拔不过一千来米，大庾岭却是几千年来中国最刻意强调南北方向的山脉。它切分的不仅只有赣粤两省，沿着关楼横亘的，还有一条流传了几千年的界线。这条界线甚至对动植物都能够产生效力：据说它是北雁南飞的终点；据说它两侧的气候迥异，同样栽梅，南枝花落，北枝方开。

正因为如此，这条岭背负了不祥的诅咒——因为历代王朝都将最高等级的流放地，设置在了岭的南边。被赶过岭去的很多都是宰相级别的重臣，文化名人更是不计其数，唐宋八大家，有谪贬岭外经历的就占了一半。

可以说，岭关的每次开阖，都有可能牵连着一场影响深远的政治文化大地震。

现在，轮到慧能来走这条岭了。

抑或说，该是他证明自己说过的那句话的时候了：

“人虽有南北，佛性本无南北；獦獠身与和尚不同，佛性有何差别?”

当年，慧能正是用这句话，回敬了弘忍对他岭南人身份的调侃。

“只在刹那之间，我慧能就能把西方极乐世界移到大家眼前，不知各位是否愿意看一看?”

众人欣喜若狂，屏息凝神，正待神迹出现。不料慧能一声断喝:“眼前便是。”

“外修觅佛，未悟自性。”——东方人迷茫，念佛求生西方；西方人若是迷茫，念佛求生何国？

三世诸佛，十二部经，人性中本自具有。凡愚不了自性，不识心中净土。自性迷，佛是众生；自性悟，众生是佛。一念开悟，十万八千里，到如弹指。

此岸即是彼岸，刹那即是永恒。自古以来，修行的方式，从未如此的简易便捷。青青翠竹，悉是法身；郁郁黄花，无非般若。不必烦琐记诵，也不必苦苦坐禅，只需回转念头，观照自身，直指人心，当下便可见性成佛。

甚至不一定要在寺庙晨钟暮鼓，若要修行，在家也是一样。

多年以后，慧能宣讲的佛法，被整理结集为《坛经》。这是唯一由中国僧人创作的经书，在此之前，通常只有佛陀亲自讲述的，才能够冠以“经”名。

而由于这部特殊的佛经，在东山寺的碓房，我想起了与慧能同时代的另一位佛学大师——玄奘。

慧能在长江边上汗流浃背地舂米时，玄奘正在数千里外的帝都长安，一字一句地翻译着自己历经千辛万苦从佛陀故乡带回的经书。

玄奘在佛国的地位，并不亚于唐太宗之于人间。早在二十八岁西行求法之前，他就已经遍得国内十三位顶尖名僧真传，尽通中国各部佛学。经过那烂陀寺五年进修，更是融会贯通，居然在佛陀的故乡反客为主，征服了整个印度。连争斗了上千年的大乘、小乘两大宗派，都同时为玄奘献上最高荣耀的尊号，前所未有地在对一个中国人的崇拜上达成了一致。

千古一人。毫无疑问，玄奘的佛学修为，已然登峰造极。从东海到印度洋，从黄河到恒河，玄奘的光芒，几乎笼罩了整个亚洲。

玄奘几乎从印度搬回了整座灵山。他带归中国的经律论三藏佛典，有五百二十夹、六百五十七部。而他主持翻译的佛经，多达七十五部、一千三百三十五卷，合计约一千三百三十五万字，占整个唐代译经总数的一半以上。

然而，有人却大声宣判，这些浩如烟海的文字，反而正是修行的一大障碍。

德山宣鉴和尚，二十岁出家，数十年潜心精研律藏，每次说法都强调学习的重要，还撰写了很多经疏，用担子挑着，到处与人辩法。

然而，有一天，他却点起火，将这担耗费自己半生精力的著作烧了个干净。

“穷诸玄辩，若一毫置于太虚；竭世枢机，似一滴投于巨壑。”

——一根毛发之于太空，一滴水珠之于汪洋。大海里，多一滴水少一滴水，何关盈虚？所以多读一部经与少读一部经，又有多大区别？追寻真理的路上，来自书本的知识，原来如此微不足道。

开创德山和尚这一派法门的，便是慧能。

洪州法达禅师，礼拜慧能时头不触地。慧能问道：“礼不投地，何如不礼？你心中必有一物，令你如此自负。”

法达傲然道：“我七岁出家，念《法华经》已达三千部。”

“妨碍你修行的，正是这三千部经书。”

慧能宣讲的佛学，不妨视作一次南方向北方发起的猛攻，一场平民对于贵族、世俗对于精英的逆袭。

某种意义上，他是一位极其危险的破坏者。

追杀慧能的，都是神秀的拥护者。可以理解这些同门师兄弟的愤慨。“时时勤拂拭，勿使惹尘埃。”诵经，打坐，礼佛，参禅，他们苦修半世，自以为正果指日可待，不料横空杀出个南蛮，断言这一切都是徒劳。就好比守护一座佛殿，每日洒扫焚香，辛勤侍奉，却突然遭人闯入，被砸得稀烂，是可忍，孰不可忍。

——连达摩老祖都得面壁九年，你一个连字都不认识的文盲野汉，盘起两腿，居然便敢妄称见到了如来?

佛教史上，慧能的禅学，由于当下顿悟，被称为“南顿”；神秀一系则被称为“北渐”。

渐者，慢也。绑紧裹腿，系好护膝，一步一叩头，慢慢跪向西去。

毫无疑问，相对于平民化、简易化的南禅，朝廷自然会更喜欢北禅中的贵族气质。毕竟，如果依照神秀的修行方式，在起跑线上，士大夫们就能将绝大多数读不起书、礼不起佛的底层人远远甩在后面。而慧能的顿悟，抹杀知识阶层与权贵的所有特权，某种程度其实就是以下犯上的革命，起码也是僭越。

虽然没有抢回袈裟，但神秀的弟子们坚决不承认慧能的法嗣。

除了是唯一的本土原创，《坛经》还是中国佛经中流传情况最复杂的一部。至少有十四个版本流转至今，而大部分的增删窜改，都是在掩饰这样一个现实：

当时的禅宗，出现了两个六祖，除了慧能，另一位便是大师兄神秀。慧能并没有因为拥有法衣而占据上风。有确凿的史料证明，弘忍灭度后，以神秀为领袖的北宗禅，影响力要远远超过慧能的南宗。两京、中原，甚至包括整个北方，都是北宗的势力范围。神秀本人，更受皇家敬重，从武则天到中宗，都奉其为国师，有“两京法主，三帝国师”之誉。

法性寺现身之后，慧能广开讲席，但终其一生，再也没有越过大庾岭。

在他弘法的四十多年间，遭遇了多次北宗组织的暗杀。

“上接达摩一脉，下传能秀两家。”

五祖寺山门的这副对联，用十二个字概括了这段师兄弟之间的公案。

在慧能去世八十四年之后，官方终于对这场佛门官司作出了仲裁。公元796年，唐德宗诏敕，“立菏泽大师为第七祖”。菏泽大师，乃是慧能的弟子神会。弟子为七祖，那么师父自然是六祖了。

这场始自孤身逃亡的长跑，南禅后来居上，赢得了比赛。

一脉在黄梅岔开的禅宗谱系，在岭南终于重新归并。

朝廷对慧能一系的最终认可，只是面对了现实。

隋唐，是佛教在中国发展的一段黄金时期。成实宗、天台宗、三论宗、净土宗、华严宗、律宗……入隋以来，各宗各派高僧大德辈出，迭放异彩，而武则天的推动，更是让佛教的影响力达到了高潮。

一个以儒为本的古老帝国，散发出了越来越浓郁的沉檀香气。

但在极盛的表象下，佛教也正面临着前所未有的危机：虽然顺风顺水，形势大好，但很多宗派不进反退，发展逐渐陷入停滞，陆续显露出了难以为继的颓势。

玄奘的法相宗，便是其中最具代表性的一家。

由于玄奘本身超逸绝伦的造诣，加之朝廷的尊崇，他所创的法相宗一度成为影响最大、最受追捧的佛教宗派。然而，玄奘去世后，法相宗只传了两三代，在玄宗开元年间便衰落了。

成也萧何，败也萧何。法相宗的悲剧，居然是因为高处不胜寒。

玄奘佛学的根基，建立在他带归中国的上千卷典籍上。这些典籍微妙精深，浩瀚无边，对于修行者的素质要求极高。

——但又有几个豪杰，能够擎拿得起这套用一千多万字铸就的衣钵？

即便是佛陀的灵山，若是托举不动，便无异于一座当头压下的五行山。

然而，这座灵山，却被慧能安放在了每个人的内心。

低头便是莲台，见性就能成佛。玄奘走了十七年的西天路，慧能转瞬之间便可抵达。对于学者，哪种修行方式更具吸引力，不言而喻。

南北两宗的胜负其实早已经注定：破坏圣殿的慧能，同时也是一位伟大的拯救者——在修行的性质上，神秀与玄奘，走的是同一条路。

不过，距离真正的圆满，慧能和他的弟子们，还差最后一步。

起床： 3：30

早课： 4：15

早斋： 6：00

开忏： 7：30

午斋：11：00

开经：13：30

……

养息：21：30

在东山寺大雄宝殿后的廊柱上，我看到了一张作息时间表。

联想到在寺中不时遭遇的众多暂修居士，履行这张表的对象，应该是他们。如果是真正的僧侣，应该还有更多的修行内容。

至少，每天晨昏，他们应该打理一下后院的那片菜圃。

无论如何劝解，百丈怀海禅师就是不肯吃饭。

他已经九十高龄，身体原本便已相当虚弱，实在不能再伤了脾胃。百般无奈，弟子们只好拿出那把锄头——这把锄头是禅师每日用来做农活的，这天执事僧特意藏了起来。因为眼见禅师年纪越来越大，做活越来越力不从心，众人心疼，就想用这种法子让他休息几日。

不料禅师竟然就此绝食。

接过锄头，禅师微微颔首，站起身来，环顾弟子，低声说道："一日不作，一日不食。"

说完，他摆手拒绝搀扶，以锄为拄，慢慢向后院走去。

百丈禅师，师出慧能的再传弟子马祖道一。他们都倡导，所有的修行者都应该参加农务劳动，也就是普请，尽可能让寺庙经济自给自足。

这对师徒因此成了众矢之的，甚至被同门痛斥为"破戒比丘"。因为根据原始佛律，僧侣应全身心投入修行，不该劳作，食用乞化便是。但马祖与百丈不以为意，还是毅然决然，力推普请。

他们清楚，中华毕竟与佛陀的天竺有所区别。天竺地暖林密，野果即可果腹，蕉叶亦可当衣。而中国人多田少，民生不易，游食之徒素来为人轻视，于弘法有碍。更重要的是，僧侣若不能自立，到处傍人门户受人供养，那么，别人能给你的，随时也会收回——今天朝廷或许扶持你，明天它同样可以打压、甚至消灭你。捧你有多高，摔你就有多重。

居安更需思危。

何况，既然起心动念皆是佛性，行住坐卧都是修行，那么运水搬柴、掘地割草就不是修行了吗？

承受着巨大的压力，马祖与百丈师徒苦心孤诣，为僧侣制定了一整套涵盖衣食住行各方面的修行生活仪轨，也就是《百丈清规》，由此正式建立了佛教的丛林制度。从住持，到首座、监院、维那，到库头、米头、饭头、菜头、茶头、炭头、柴头等等，各司其职。

百丈怀海禅师逝世的三十一年后，唐武宗下达了灭佛诏书。对于一个捉襟见肘的没落王朝，各大寺庙累积数百年的赏赐、供养、布施，此时都成了原罪。

佛教在这场法难中遭受重创，大量经典被毁，绝大多数宗派就此一蹶不振。只有慧能一系的禅宗，由于本身不立文字，加之灵活独立、依赖性较少的修行方式，保存住了实力。

灭佛在武宗去世后终止。当木鱼再次被敲响，放眼域中，已是禅的天下。

如果说，慧能将佛陀的灵山拉下了云端，那么，马祖与百丈这对“破戒比丘”，真正为这座西方的圣山连接上了中华的气脉。

从此水土调和，落地生根。

慧能之后，袈裟不再作为传法的信物。

事实上，传衣之时，慧能就不想接受，说以心传心，以法传法，要一件衣服又有何用。弘忍感慨道，这件袈裟的确是个争端，那么在你之后就不要再传了吧。

六祖灭度之后，这件袈裟留在他弘法的曹溪镇山，多次被盗走，但都被寻回。一千多年来，在各种经籍中若隐若现，直到顺治年间，还有人声称在广东韶关的南华寺看到过。

不过也有记载说，这件袈裟其实在慧能在世时就已经被毁了：慧能将它作为酬劳送给了为自己塑像的僧人方辩；而方辩则把这件袈裟分为三份，一份披在慧能的泥像上，一份自己收藏，还有一份则埋入地下。

很多信徒难以接受这样的结局。他们坚称，慧能给方辩的，只是一件普通的袈裟，而不是珍贵的法衣。

但我更愿意相信，那就是达摩从印度带来、佛陀穿过的袈裟。

当季的油冬菜肥嫩硕大。在东山寺后院田垄整齐的菜地旁，我想起了弘忍那夜给慧能讲解的《金刚经》的开头。

“尔时，世尊食时，着衣持钵，入舍卫大城乞食。于其城中次第乞已，还至本处。饭食讫，收衣钵，洗足已，敷座而坐。”

没有人神共赞，也没有天女散花。一部大经，不过只是穿衣吃饭。

既已饱暖，便该收了衣钵，洗脚安坐。

鹅湖会

江西·铅山鹅湖书院

直到驿道一寸寸隐入暮色，来自武夷山的脚步声也没有响起。

叹息声中，雪片慢慢飘了下来。

“把酒长亭说。看渊明，风流酷似，卧龙诸葛……”

因为一阕词，南宋淳熙十五年岁末落在赣东北的那场雪，也落入了文学史。

这阕擅长以仄声抒发沉郁情绪的词，保留了那个被文字定格的雪夜的诸多细节：古道、孤旅、野店、独酌、投宿，甚至还有一段悲苦而断续的夜半残笛。

词名《乳燕飞》，作者辛弃疾。

“鹭鸶林”“方村”“泉湖”“四望楼”，中巴车开出上饶市区之后，我便努力在沿途的各种指示牌中寻觅这些地名。当然，我知道这注定只是徒劳：纵然是稼轩，任何一本中学语文课本都会介绍的、当年辛弃疾营造于上饶带湖之滨的庄园，如今也难寻觅。

赣东北是山东人辛弃疾在南方真正意义上的家乡。在上饶与铅山两地，他度过了将近二十年的闲退岁月，并最终病殁于铅山。传世的六百多首诗词，至少有三分之一于此完成。

在那阕词中，辛弃疾深情地表达了他对一位朋友的思念。其实，那人刚来拜访过他，两人日则同游，夜则煮酒，整整欢聚了十天才飘然分离。不过，辛弃疾第二天便开始后悔，不该这么早结束这场聚会："既别之明日，余意中殊恋恋，复欲追路。至鹭鸶林，则雪深泥滑，不得前矣。独饮方村，怅然久之，颇恨挽留之不遂也。夜半投宿吴氏泉湖四望楼，闻邻笛悲甚，为赋《乳燕飞》以见意。"

这位令辛弃疾"意中殊恋恋"、不忍分别甚至冒雪追赶的朋友，便是我的乡贤，婺州永康的龙川先生陈亮。

八百多年后，同样的季节，同样的路线，作为陈亮的同乡后人，我独自前来，探访这场宾主早已退场的聚会。

在辛弃疾关于那个冬夜所提及的所有地名中，至今仍然能够让我抵达的，只剩下了一个：鹅湖。

鹅湖并不是湖，而是铅山县东北的一座山，属武夷山余脉。据说从前山顶有个小湖，生荷，故称"荷湖"，后来叫讹了变成"鹅湖"；也有说是因某古人畜鹅于此而得名。虽然不似附近的几座名山（如三清山、龙虎山、龟峰）为人所知，但也是个景盛之处，近些年还开辟成了森林公园。根据辛弃疾自述，与陈亮相聚的十天，鹅湖就是他们最主要的游览之地。

上饶开往铅山的县际班车，大约三十分钟车程后，司机在一个丁字路口让我下了车。他告诉我，沿着这条垂直于省道、通往远山深处的无名村路，一直往前走，大概十来里路，在路的尽头，山的凹处，我就会抵达我此行的目的地，抵达那场聚会的主舞台，抵达辛弃疾与陈亮共同标注过的坐标——鹅湖书院。

这是一条新修的水泥路，平整、宽阔。一侧是断续的村庄，有鸡和狗；另一侧则是大片田畦，偶尔间着几幢稀疏的裸砖房。种的多是经霜的冬菜，虽将近冬至，但放眼还是薄薄绿着，田中央不时可见佝偻的老者在暖阳下锄土整垄。

这已不是陈亮和辛弃疾的世界。即便起点和终点相同，我的脚印也几乎不可能与他们重叠。不过我知道，那条因为雪深泥滑而令辛弃疾无法追及陈亮的古驿道，至今仍然隐藏在我目力可及的榛莽丛中。

我还知道，那条驿道东北折出后不远，就会分为浙闽两股；一股能带陈亮回家，另一股则通着福建的武夷山。我也知道，淳熙十五年那场雪落下之前，辛弃疾与陈亮，还特地赶到过驿道的分岔口，准备迎接一位他们共同的朋友。

淳熙十五年的鹅湖聚会，原定的主角，其实不止辛陈二人；而聚会的主题，原本也不仅限于两位终生呼吁北伐抗金的诗人之间的指点江山。

紫竹林。通往鹅湖的途中，我经过的一个小村，居然与观音菩萨的修炼道场同名。

大概，这个村子原本有过一片紫竹的林子，不过只是乡人随意而单纯的命名。但我却因此而联想到，就像紫竹林之于佛教，如果将“鹅湖”二字的意义，上升为中国儒学的一处圣地，或许也没有大错。

佛教传播过程中，佛经的结集起了最关键的作用。所谓结集，指佛陀灭度后，教徒对各自记忆或者理解的佛陀教诲进行会诵，经过讨论、甄别、审核，最后用文字确定下来，成为不可改动的经典。一般认为，佛教史上先后经历过四次结集。而每一次结集，都会发生激烈的论辩，甚至还曾因此分裂为不同派别。

某种意义上，鹅湖是中国儒学史上最著名的一处结集地。而那次已经成为传说的结集，就发生在辛陈会的十三年前。

淳熙二年春夏之交，当时中国影响最大的几位学者，福建的朱熹，浙江的吕祖谦，江西的陆九渊、陆九龄兄弟，为了总结儒学统一认识，共聚鹅湖切磋学术。这场被当代史家定性为主观唯心主义与客观唯心主义大辩论的学术会议，吕祖谦是召集人，朱熹为一方，陆家兄弟为另一方；吕祖谦居中，竭力想调和各家观点，朱、陆却都剑拔弩张，毫不妥协；朱熹性格执拗，陆九渊心高气傲，加之两方弟子推波助澜，彼此闹得很不愉快。这场火药味浓烈的论战首尾持续了十天，最后谁也没能说服谁，各自憋了一肚子气回家。

意见未能一致不能说明此次结集便是失败的。鹅湖一辩，令朱陆双方都从对立面厘清了思路，完善和纯粹了自家的学说，产生的影响长达数百年。

身后事姑且按下不表。在十三年后，辛弃疾选择鹅湖为聚会的主要场所，其实大有深意：

作为主人，他觉得自己有责任像当年的吕祖谦一样，调停一桩发生在朋友之间的陈年公案。

公案的两造，一位自然是陈亮，另一位却是老面孔，上一届鹅湖会的主角，武夷精舍的主人朱熹。

入赣之前，陈亮曾给朱熹写信，邀他一起同游鹅湖，并约定时间相候于闽赣交界。朱熹却爽约了。

事后，朱熹给陈亮回了一封信，如此解释他不肯前来的原因："来教所云，心亦虑之，但鄙意到此，转觉懒怯……奉告老兄：且莫相撺掇，留取闲汉在山里咬菜根，与人无相干涉，了却几卷残书，与村秀才子寻行数墨，亦是一事。”

回信中，朱熹的语气明显颓唐而低落。这诚然是他当时的真实心态。淳熙十五年，朱熹在政治上屡受打击，起而即劾，再起复罢，最后黯然回到武夷山闲居。对于一个过了年便已是六十岁的老人，确实提不起多少出游的兴致。不过，他委婉的拒绝，或许还有一个更简单、更直接，却没有明说的理由，那就是他实在不太愿意见到陈亮。

细考朱熹提及陈亮的文字，经常会察觉到某种有意无意的疏离与排斥，并且随着时间推移，这种情绪越来越密集，越来越不加掩饰。

那个寒冷的冬天，朱熹只希望，武夷山重重叠叠的峰峦和相对温暖的气候，能让他躲过北方飘来的那场雪。

在那阕《乳燕飞》词中，辛弃疾将陈亮比作陶渊明，比作诸葛亮，推崇备至，但在同时代的很多人眼里，陈亮却是个离经叛道的另类。《宋史·陈亮传》中有这么一句话，很能说明他所遭受的非议：“在廷交怒，以为狂怪。”

陈亮确实既狂且怪。眼高于顶，很少有人能被其认可，评人议事毫无顾忌，张口就棍扫一大片：比如他声称朝中的官员不过两类，一类是读死书的书呆子，循规蹈矩不知变通，一遇非常就手足无措；另一类是所谓的才臣智士，虽说也能勉强做成几件事，其实却懵懵懂懂，不知根本，也是不堪大用。

反正放眼天下，大都是些“委靡不堪用”的货色！

既然世间都是饭桶，那么能救大宋于困境，重开华夏盛世的就只有他自己了。陈亮一生，两次伏阙上书，疾呼革弊富强，在举国和平无事之时，大言开战复国。他甚至对皇帝说话也夹枪带棒：“我上书是陈国家立国之本末，开大有为之略；论天下形势之消长，决大有为之机。上书后却未有丝毫回应，如此之事发生于承平之世尚且不可，何况如此紧急之时？君王如此，我担心寒了天下豪杰的心！”

必须指出的是，陈亮屡试不第，只是个潦倒布衣。尤其两次上书，都发生在科考失利之后，且不论内容如何，仅此一点，便令人质疑他的真正目的。其实二十五岁那年第一次上书时，陈亮自己也曾感慨此举必将招来世人的误解，但胸怀济世韬略，却为顾及个人声名默尔而息，绝不是热血男儿该做的事，因此踌躇再三，还是被胸中一腔赤诚鼓动着拜倒在宫门之外。

这样的辩解并没有收到陈亮预期的效果。很多学人将他视为公敌，甚至不乏见人则割席不与同坐，见文则愤慨怒骂为邪说者。不过，这并不是朱熹不愿见他的原因。相反，二人一度相处甚欢。毕竟朱熹非同凡俗，能够看穿流言蜚语背后，陈亮超逸绝伦的才气；而作为成名很早、且比自己大十三岁的一代大儒，朱熹也足以令陈亮收敛狂傲肃然起敬；另外，对于政局国事，比如反对和议抨击苟且，朱陈二人也多有相同的观点。自从淳熙九年，也就是鹅湖会的六年前，二人初次会面后，每年朱熹生日，陈亮都会千里迢迢送上一些土产致贺，还亲自撰写寿诗寿词；而朱熹也一一回文答谢，尽显兄长风范。

朱陈二人，虽然见面不多，但都珍惜彼此的友情。那两三年间，永康与武夷山书信往来频繁，嘘寒问暖，温情脉脉。

然而，他们命中注定的矛盾，却也正是因为一封信而开始暴露的。

淳熙十一年（1184）五月，陈亮给朱熹写了一封短信报告平安——这是一封真正意义上的报平安信，因为就在这月二十五日，他才被开释出狱，重获自由。

陈亮一生，屡屡遭狱。获狱原因纠葛复杂，如落魄醉酒狂言犯上、莫须有的家僮杀人之类，皆为仇家所上纲上线，实无确切大罪，然由此亦可见陈亮平素言行连乡邻都不易谅解。

朱熹很快就回了信。然而，见到信之后，原本想从朱熹这里得到安慰的陈亮，却好似当头挨了一棒。

回信中，朱熹首先对陈亮的意外之祸表示了同情，但马上话锋一转，希望陈亮此后“凡百亦宜痛自收敛”。言下之意，虽是小人陷害，但你老兄的为人，确实存在一些问题。朱熹还说，这番话，他憋在心里很久了，一直找不到机会说；你老兄向来自处于法度之外，不乐闻礼法之论；你这种脾性，很多朋友其实也看在眼里，但都不敢指出；我以为真正爱护你老兄的，不该这么做，而是应当直指其非。我本想见面时再从容劝你，但没有想到你遭遇灾祸这么快。

随即，朱熹提出了他对于陈亮的期许：

“老兄高明刚决，非吝于改过者，愿以愚言思之，绌去‘义利双行、王霸并用’之说，而从事于惩忿窒欲、迁善改过之事，粹然以醇儒之道自律……”

一勺冰水浇入滚油。朱熹居高临下的教诲深深刺痛了陈亮，满腹委屈顿时化为悲凉与桀骜，他决定还击。斟酌酝酿了三个多月后，一封洋洋洒洒的答书，从永康送到了武夷山。

往来于浙闽的信使绝不会意识到，经他手传递的那几张薄纸，在中国思想史上的意义，其实有着泰山一般的重量。

驿马的蹄声有如战鼓，一场影响至今的论战，就此拉开了大幕。

虽然涉及人生观、世界观等诸多方面，但朱陈的论战有着清晰的主题，后人因此将这两位思想家之间的交锋命名为“王霸义利之辩”。双方的分歧，集中体现在对历史时代与历史人物的评价上。比如，对于汉唐帝王，汉高祖刘邦与唐太宗李世民，近代以来最成功的君主，朱熹认为他们的确开创了一番大事业，但毕竟心地不光明，尽管事实上也为百姓做了些好事，不过只是私心利欲偶然暗合于天道罢了。陈亮则大不以为然，说若如此只论本心，不计功业，那么高祖太宗们岂不是还不如那些袖手危坐空谈道德的书生了吗？

此处，朱陈二人面对的是一个从孟子时就提出来的古老命题：评价一个人、一个社会，究竟该按功利标准还是道德标准。孟子明确指出，必须依据道德。他甚至设想了一个极端的情况，即使只需冤杀一个无辜的人，就可以使整个天下得到好处，也断然不能去做。也就是“王道”与“霸道”，“义”与“利”，必须严格分清，决不能为了后者而让前者做出丝毫牺牲。朱熹持有的，便是这个态度。动机与效果之间，他坚定地选择动机的纯粹。

而陈亮却认为，历史是一个不可分割的统一体，功利必然能反映出内在的道义。不管什么朝代，只要做得成功，里面必然有契合于天理之处：得一分功便有一分“王”、得一分利便有一分“义”。汉唐既然都是顶天立地的朝代，而且都享国数百年，岂能因一句汉祖唐宗心存私欲便一笔抹杀？

——不管白猫黑猫，能捉到老鼠就是好猫。我一直认为陈亮就是猫论的最早倡议者。当然，若以朱熹来看，一只猫若存心不正，纵能捉到再多的鼠也不可妄加一个好字。不过，在辩论中，他们用的是另外一个比喻：金和铁。

朱熹以金来指代完善的道德。他说尧舜禹周公孔子那些圣人为“金中之金”，汉祖唐宗暗合于天理的部分，不过是铁中偶现几粒碎金——你老兄如今无故舍弃自家光明宝藏，而专门向铁炉渣矿中拨取些零碎金子，不也是太荒谬了吗？

陈亮的回答是：我正要将金银铜铁统统熔成一器，反正要让它有用便是！

辩论书信往返三复，首尾延续了三年。陈亮话越说越多，态度也越来越激烈，以至于被旁观的朋友陈傅良判定为因此在气度上落了下风："朱丈占得地段平正，有以逸待劳之气；老兄跳踉号呼，拥戈直上，而无修辞之功，较是输他一着也。"

除了性格与年龄差异，朱熹的"以逸待劳"，大概还能理解为一种被动消极的态度。与陈亮相反，他的回信间隔时间越来越长，内容越来越短。淳熙十三年秋，朱熹终于用一封简短而客气的答书叫停了这场论战："区区愚见，前书固已尽之矣。细读来谕，愈觉费力……以往是非，不足深较，如今日计，但当穷理修身，学取圣贤事业，使穷而有以独善其身，达则有以兼善天下，则庶几不枉为一世人耳。"

文字中充满了厌倦，甚至还有相当明显的鄙夷。

南宋学者在学理上的切磋，某种程度上类似于武林高手对决，或降伏对手，或被对手降伏，必须分出高下。如铅山名儒徐昭然，每次外出论道随身都带有杖笠灯剑，命灯为"访贤灯"，命剑为"斩奸剑"。遭遇朱熹时，一言不合便仗剑而去。但途中反思朱熹言语，猛然感悟，竟遣散生徒，孤身等在朱熹经过的古道之侧，以弟子礼重新拜见，一路侍奉随学。

胜负未决便鸣金收兵，这其实有违当时学术风气，也不符合朱熹往素性格。比如他与陆氏兄弟的争辩，其实一直延续到了陆九渊去世。

细考朱陈交往，有一点难以讳言：朱熹结交陈亮，一开始便怀了收服之心。早在监司任上按行浙东时，朱熹就在这块土地上嗅到了浓郁的异端气息："家家谈王霸，不说孔孟。"他发现本地士人的思想中，往往夹杂有一种趋时附势驰骛功利的倾向；朱熹很清楚，这种思潮如果盛行开来，势必会引起人们对道德产生怀疑，若任其继续发展，终将令人为达目的不择手段，令整个儒学体系败坏不堪。擒贼先擒王，他看到了陈亮。

然而，随着辩论的深入，他越来越清醒地认识到，陈亮已经走得太远，"陷在利欲胶漆盘中"不可自拔，纵然他再努力，也不可能改变丝毫。

灰心也好，绝望也好，不可救药也好，总之道不同不可为谋。面对陈亮，朱熹感到了难以言说的疲惫和无奈。渐渐，他不想再徒劳无功地絮叨些什么了，反正各安天命吧。

淳熙十二年，论战的第二个年头，陈亮在老家造房子，想请朱熹为他的新居写首诗，朱熹百般推脱，陈亮锲而不舍，甚至让送信人带足干粮等在朱家，务必催讨到手；来回扯皮好几趟，朱熹终究还是没写。同一年，他还在另一封信中，向陈亮索回早先的一幅字，因为他知道陈亮不喜欢上面的针砭之意，转手送了人。

这一切，作为朱陈二人共同的朋友，辛弃疾都看在眼里。他发出了鹅湖邀请。交情不容易，有什么事，为何不锣对锣，鼓对鼓，当面分说个明白呢？

武夷山到鹅湖，二百四五十里路；永康到鹅湖，五百里路。五百里的陈亮到了，二百多里的朱熹没到。纵然是辛弃疾，也无法弥合那三百来里路的裂隙。

那个雪天之后，直到陈亮病逝，没有明确的资料提及他与朱熹再见过面。

午后的冬日灿烂。当额头开始微微冒汗，路的尽头，山的凹处，我见到了徽式檐墙围成的鹅湖书院。

礼门、头门、牌坊、泮池、仪门、讲堂、藏书楼，虽然面积不大，但一座明清书院规规整整。无论是匾额、坊刻，还是对联，都以朱熹曾在此论道而自豪：“斯文宗主”“道学之宗”“朱陆讲席”，讲堂两壁还各嵌了两块一人多高的大碑，分题朱熹手书的“忠孝廉节”四字。

至于陈亮，在时人以及后人的笔记里，则常被描述成一个褊急、浮躁、官欲熏心，甚至挑拨生事的人物；在永康，他还一度被自己的乡人撤出过乡贤祠。

数百年间，学界用这种方式对这场论战做出了主流的论断。

“身后是非谁管得，满村听说蔡中郎。”实际上，关于朱熹与陈亮，在二人生前，官方就有过明确的裁决。

朱熹的晚年相当凄凉。被罗列罪名，劾奏“不孝其母、不敬于君、不忠于国、欺世谋私、败坏风教”，列为“伪学逆党”领袖，常被朝臣叫嚣处死；身处党禁高压，徒众多叛，过门不入，甚至有变易衣冠狎游市肆者，以此撇清与朱熹的关系。

辛陈鹅湖会后的第五年，陈亮终于考中进士；殿试时，这位口碑并不太好。而且已过天命之年的老秀才，被宋光宗亲笔擢为魁首，是为该科状元。

但这次夺魁，却令很多朋友对陈亮颇有微词，清史学大家全祖望，更是点明，这个状元，事实上成了陈亮人生的污点，他的晚年，有失节之嫌。

“我看陛下对于太上皇，二十八年来尽忠尽孝，无有一事不在圣怀，岂止徒然做那些一月四朝，给外人看的表面功夫呢?”

陈亮确是大才，殿试对策，开头只用一句话，便令两位皇帝龙颜大悦。

天有二日。淳熙十六年，也就是辛陈鹅湖会后的第二年，宋孝宗耗尽了执政热情，传位于子赵惇，是为光宗。交接之初，约定一月光宗至少四次朝见太上皇。不料由于光宗有些惧内，受制于皇后李氏；而李氏剽悍，与公公向来有些龃龉，爷俩亦因此生隙，连正常的探视都不能坚持；此次殿试，光宗也是有感而发，以父子间究竟该如何相处做了个引题。

这对皇帝的矛盾，闹得举朝纷纭。上至宰辅，下至百姓，舆论一边倒，都呼请光宗以孝道为重，务必按时朝见。那位认为陈亮气度输了一着的陈傅良，还因进谏时忘情，竟然跑上殿去拉住光宗衣裾恸哭，而遭李后痛骂，喝道“这是什么去处，你这秀才是不是想被斫了驴头”。然而独有陈亮，却回避光宗事实上的不孝，有些牵强地为他做了辩解。有趣的是，同样一段话，儿皇帝看中后半句，顿觉理直气壮；爷皇帝却看中前半句，连外人也说二十八年尽忠尽孝，毕竟儿子还是亲生的。两位最高领导人皆大欢喜，陈亮的命运也就尘埃落定。

这便是这科状元的来历——须知殿试进呈时，考官本将陈亮列为第三，如无意外，至多只是个探花。

锦衣荣归之后，陈亮致书朱熹报喜，朱熹的回复却不冷不热：

“老兄志大宇宙，勇迈终古，今日始于后生丛中出一口气，盖未足为深贺。”

细究文意，对于陈亮的状元，朱熹似也有些不以为然。当然，他也没有表现出任何意外，好像陈亮受到皇帝格外垂青，本是顺理成章。

落第、上书、入狱、辩论、状元……就像多米诺游戏，从陈亮选择第一张推倒的骨牌时，朱熹就清晰地看出了最终坍塌的方向。

人生的轨道没有捷径，即使后退一寸得以前进一尺，但就这一步之差，便足以将多米诺的尽头导向万劫不复的坠落。

这场游戏他们原本站在同一个起点。或者说，他们面对的，是同一个萎靡污浊的政局。

早就化为枯骨的汉高祖唐太宗，不过只是掩人耳目的标靶。如果将他们辩论的文字比喻成一支支利箭，所有人都心知肚明，箭头瞄准的真正目标到底是什么。

陈傅良曾如此简要综述过两人的观点：若据陈亮，三代圣贤枉作功夫，若据朱熹，则汉祖唐宗贤于盗贼不远。

陈亮据此反驳，假如连汉祖唐宗都只贤于盗贼不远，那么中华“两千年之天地日月若有若无”，没一个正经皇帝，这漏洞百出的世界还能有何光明？

而朱熹正是在道德上，否定了整整一部中华历史。按照他的标准，没有一个帝王能够合格。一言以蔽之，对于历代统治者，他都持严厉的批评态度，数千年金戈铁马出相入将，在他眼中，只是一团利欲纠葛的漆黑。必须指出的是，他的道德要求，首先还是从统治者开始，甚至以君心正不正，当作一个时代正不正的前提。做人的原则，尤其是统治者的原则，绝不能有丝毫扭曲。

迎合，抑或直谏；礼赞，抑或批判；肯定，抑或抹杀；究竟哪种更需要勇气？

据学者束景南先生考证，绍熙以来，陈亮对朱熹的尊敬与日俱增，在与友人的书信中，甚至称颂朱熹为“人中之龙”，而这四个字，原本是他的自赞。种种迹象表明，陈亮的功利之心逐渐淡化，有了向朱熹靠拢的转变。

但他未能对自己的新思想进行总结。及第次年，在赴任途中，陈亮暴病，一夕而卒，年仅五十三岁。

朱熹没有留下任何悼念陈亮的文字。老友陈傅良也以悲伤过度为由未写悼文。最沉痛的祭文出自辛弃疾，其中有这样的句子："人皆欲杀，我独怜才……而今而后，欲与同甫（陈亮字同甫）憩鹅湖之清阴，酌瓢泉而共饮，长歌相答，极论世事，可复得耶?"

陈亮去世后五年，朱熹病逝。病重期间，在与友人诀别的书信中，他仍然再三叮嘱务必严明义利之别，并告诫弟子："道理只是恁地，但大家倡率做些艰苦功夫，须牢固着脚力，方有进步处。"

当时朝廷对以他为党魁的"伪学"禁锢正严，但还是有近千名他的信徒不顾官方威胁，为他举行了葬礼。辛弃疾也作文哭祭："所不朽者，垂万世名。孰谓公死，凛凛犹生!"

意味深长的是，朱熹一死，党禁便开始松动；九年之后，朝廷诏赐谥曰"文"；公元1227年，宋理宗下诏，追赠朱熹为太师，封信国公；公元1241年，诏以朱熹从祀孔庙。之后元明清三朝，王旗不断变幻，朱熹的好运却始终坚挺；经过历代帝王的接力，朱熹终于被高高抬上神坛大啃冷猪头，成为孔子之后最伟大的圣人。

——难道一定要失去以后才能体现价值吗？朱熹一生，历侍高宗、孝宗、光宗、宁宗四朝，但为官总共不到十年，立朝仅仅四十六日，屡遭诸帝厌弃。

直到“五四”以后，作为礼法杀人的代表，专制者事实上的帮凶，朱熹才又被打落了尘埃。

原本想用绳索缚住猛虎，却反过来替猛虎捆绑绵羊，这样的悲哀，究竟属于朱熹个人，还是属于整个国家，整个民族？

作为朱熹的对立面，近代以来，尤其是20世纪80年代之后，沉寂多年的陈亮被越来越多的人提起，他讲求功效、杜绝空谈的务实精神，更是被大加赞赏，甚至被奉为思想解放的先驱。而陈亮的故乡永康，更是参透了他的事功精神，短短一二十年内，发家致富，从一个贫瘠的小山城，一跃而跻身全国百强县前列。

身为陈亮千年之后的同乡，我是否应该为此感到自豪？或许是身在此山中，我既为乡人脑筋灵活、胆略过人而骄傲，但他们中的很大一部分，也让我看到了某种似曾相识的弊病，比如信仰的缺失，心态的功利，谋事的直接。

这不仅仅是永康独有的现象。

我记起了陈亮的祖母家，也是其少年时的读书之处，芝英，现在是永康工业最发达的村镇之一。芝英是全国最集中的应姓聚居地，同时，还创下了一个世界纪录：小小一个村里，居然有近百座同姓祠堂。当然，这可以理解为每一支分系对于宗族的重视，但难道不能理解为一种同族之间、凌驾于血缘之上的互相攀比和无序竞争吗？根据陈亮的学说，完全可以推断出建造者的心态：衡量每一份成功最直观最重要的标杆，无疑就是祠堂的豪华程度。

而相距不到一百公里，同属一脉水土，却有另一座某种意义上截然相反的古镇——浦江的郑义门，一处严格以朱熹理论为治家宗旨的郑氏聚居地，以三百多年共财聚食、十五世不分家而天下闻名，至今唯一的那座郑氏宗祠还在所有族人中保持着极高的权威。

但我也在明人笔记中读到过这样一则故事：南京学子聚会，原本谈笑戏谑甚欢，但只要听到浦江郑氏子弟的脚步声，满座顿时肃然危坐。同样，这可以理解为郑氏端庄正气，但不也可以理解为一种令人生厌的古板与僵化？

浦江经济自然与永康有明显的差距。而为永康私企工作的外来务工人员中，人数最多的，便来自朱熹的祖籍地江西：这能不能理解为朱陈二家延续到当代的另一种论战方式？

毋庸讳言，永康为经济的繁荣也付出了极大的代价。一味追求眼前利益导致了对生存环境的破坏，据说浙江省肿瘤医院，因为永康患者之多，医生护士都能听懂永康方言。而江西，山水元气之充沛，更是令永康人羡慕不已。

八百多年前的那场论战，我究竟该怎么去理解——

鹅湖道上，我左右互搏，心乱如麻。

或许，此题根本无解。

又或许，此题无须硬解。

对于身后是非，朱熹便十分坦然。晚年受迫害最严重时，他常对弟子开玩笑，说自己的头就像是黏在脖子上，随时可能掉下来。亲友担心，劝他稍微收敛锋芒以随俗从时，他却风趣地打了一个比喻：

“那样的话，我怕像草药，煅炼得失去了药性，救不得病。”

自信之外，难道在生命的暮年，他已经看清，作为个体的人自然有善恶清浊之别，而作为一种思想，却无须硬去区分好坏对错——就像一味药，用的本是偏性，功罪并不在药本身，而在于施用者？

由此我记起了《五灯会元》中的两则语录。文殊菩萨一日令善财采药，善财遍观大地，无不是药，随手拈起一茎草递上；文殊接过，呈起示众，说："此药亦能杀人，亦能活人。"赵州和尚则云："（佛法）如明珠在掌，胡来胡现，汉来汉现；老僧把一枝草为丈六金身用，把丈六金身为一枝草用。"

我突然想到，眼前的书院，只是后人为纪念那两次鹅湖会而改建。在陈亮与朱熹的时代，这座建筑，其实还是暮鼓晨钟的佛寺。

朱熹、陆九渊的唇枪舌剑也好，辛弃疾、陈亮的慷慨悲歌也罢，原来，这一切的一切，头顶都有一尊泥塑的佛陀默默注视着。

剩山水

浙江·富春江

超绝之物，鬼神惜之。既然被誉为绘画界的《兰亭序》，多灾多难自是本分，只是没有料到，最大的劫难居然萌生于最刻骨的爱。明末藏家吴洪裕，弥留之际，竟命人将赏玩一生的《富春山居图》在床前付之一炬。当时若非其侄从火中救回，这幅千古名画便就此化为灰烬了。

毕竟还是经了火，好好的一轴长卷从此断为两截，吴洪裕也因此荒唐举措遭来后人无数指责。不过，数百年后，当我真正进入黄公望笔下的山水，却对这桩公案有了一种新的解读。

某种程度上，或许正是借由这把火，《富春山居图》的真正意义才得以显露。

作为“元四家”之首，黄公望的山水画影响极大。而其毕生画作之冠便是《富春山居图》。

“富春”，首先是一个始建于秦朝的古县名称，县治在今浙江杭州市的富阳区。同时，它也是一条江。

富春江全程长一百一十公里，从建德开始，流经桐庐、富阳。事实上，直到今天，关于黄公望笔下山水的确切对应地，学界并未达成一致意见。但这并不重要。对于山水画大师来说，这条江处处入画，随便截取一段，都能够绘出一幅《山居图》。

“天下佳山水，古今推富春。”这大概是整个江南风景最好的一段水域，两岸山色青翠秀丽，江水清碧见底，江中沙洲点点，素以景色佳绝著称。

黄公望一生浪迹江湖，阅尽天下名山名水，但到了晚年，却在这条江边结庐隐居，由此也可见富春山水之美。

《富春山居图》，从问世至今，已将近七百年。黄公望眼中的富春山水，也经历了多次沧桑剧变。时空坐标的迁徙，无疑会令这幅名画超越最初的自然之美，每一处笔墨都显得更加厚重而悠长。

而假如我们将黄公望的《山居图》，表现范围扩充到整条富春江，那么，落下的第一笔，就有了一种力透纸背的苍凉。

富春江的第一重波浪，便隐现了一个王朝的江山。

在富春江的起点，建德梅城的三江口，钱塘江南北源合流之处，我看到了一场渔民的婚礼。从女方送嫁到男方迎娶，全程都在船上进行。

我被告知，这种婚礼有很多禁忌。比如，全过程男女双方的船不能有任何碰触；又如，停泊时，男方的船一定要在上水，而女方的船则只能在下水；而新郎进入新娘的船舱，不能走舱门，只能爬上船篷，从篷顶跃入船尾，进入舱内。

婚礼最特殊的环节是“抛新娘”。新娘坐在红漆木盆中，由娘家的四个长辈抬起，先在自家船上绕着桅杆转三圈，表示惜别，之后抛给男方船上的四个壮汉。他们接过喜盆后，也要在自家船上绕着桅杆转三圈，意为“落地生根”。此时鼓乐齐鸣，烟花爆竹响成一片，将整个婚礼推向高潮。

如今，水上婚礼已经成为三江口渔村的表演项目，很受游客欢迎。不过，很少有外人知道，这种另类婚俗的背后，有着一段沉重而凄凉的历史。

三江口村，还有一个别名:“九姓渔民村”。

所谓九姓，通常指的是“陈、钱、孙、许、何、叶、林、李、袁”。数百年来，这是一个被歧视为“贱民”的水上部落。他们以船为家，在钱塘江流域从事捕捞、撑船、背纤等种种苦活，不准上岸居住、不准与岸上人通婚，也不准读书应试，而官家有事还要应召服役。因多数以捕鱼为生，故也被称为“九姓渔船”或“九姓渔户”。

九姓渔民的来源有多种说法。最被认可的一种，是元朝末年，陈友谅与朱元璋争霸败亡之后，他的族人与部属被朱元璋贬入渔籍，并改从贱业，男为船户女为流娼，永世不得上岸陆居。

九姓渔民自己也认定祖先就是陈友谅的部属。他们去世出殡时有一个世代相传的风俗，必须要有一把黄纸伞和一块“铭旌”。因为黄伞与“铭旌”，也就是灵幡，只有王家才能使用，这或许是称过“汉王”的陈友谅，留给子孙的唯一记忆。

至正二十三年(1363)，也就是黄公望作《富春山居图》的十三年后，朱元璋与陈友谅在鄱阳湖决战。这场战争双方各投兵力数十万，历时三十七天，被视为中世纪世界最大规模的水仗。农历八月二十六日，陈友谅中箭身亡。

打败陈友谅的次年，朱元璋开始以“皇帝圣旨，吴王令旨”的名义发布命令。尘埃就此落定。当鄱阳湖的失败者黯然踏上富春江的船板，一个名为“大明”的王朝，呼之欲出。

“没有过去，也没有未来。”

三江口上，一位同行的诗人如此感叹这群被永远地放逐于江上的人。他们没有终点的漂泊，似乎将一幅《富春山居图》，也涂抹上了一层淡淡的哀伤。

《建德县志》如此叙述梅城的得名：“建德城即严州城，俗称梅花城，以临江一段雉堞半作梅花形故也。”至于雉堞为什么做成梅花形，则众说纷纭，至今未有定论。其中有一种，说是为了纪念汉代的高士梅福。

梅福是西汉末年的著名学者，做过南昌县尉，后见朝政日坏，便去官归隐，气节很受后人推崇。而相比梅福本人，他的女婿名头更大，直到现在，富春江上还有一座属于他的钓鱼台。

水过三江口，折向东北，流七公里至乌石滩进入峡谷，又东北流与桐庐严陵滩相接，这段流程被称为七里泷，两山夹峙，一水流碧，峡中有峡，景中套景，是富春江风光最典型的一段，素有“小三峡”之誉。

桐庐县城西南十五公里处，这段江水的北岸，有一块位于山腰、高达七十余米的磐石，相传便是梅福的女婿严子陵钓鱼的高台。

严子陵是东汉光武帝刘秀在太学时的同学。刘秀即位后，多次邀他出来辅佐，甚至请进皇宫，同榻而眠。但严子陵却遁到富春江边，农耕渔钓，隐居终生。

“云山苍苍，江水泱泱。先生之风，山高水长。”

北宋的范仲淹如此称赞严子陵。以不慕富贵、不事王侯的高风亮节，严子陵被历代传诵，他的垂钓之处，也成了后人景仰的胜迹。

不过，这座钓台历代也遭到质疑。明朝名士袁宏道便指出，在这么高的台上，想要钓鱼，几无可能：“潭深六七寻，山高四五里；纵有百尺钩，岂能到潭底?”

这座钓台，的确更像是一种行为艺术。但就像《富春山居图》究竟描绘的是哪段景色一样，严子陵的真正垂钓处在哪里，也并不重要。人们需要的，只是一种精神的寄托。

不过，寻根问底也并非没有意义。当一种被善意美化的生活，重新显出真相时，严子陵当初的抉择，将会更为伟大。

“脚踏破船头，手摆竹梢头；头顶毒日头，全身雨淋头。寒风刺骨头，大雪蒙被头；吃的糠菜头，睡在水上头。”

这是一首流传在富春江上的渔歌。现实中的渔钓，绝非人们想象中严子陵那样，高坐钓鱼台的轻松与浪漫。

在梅城，我喝到了一种当地独有的酒，颜色金黄，质地稠厚。这种酒用多种地方草药浸泡而成，能活血去湿、舒筋解乏，在富春江一带被视为珍品。不过，对于很多外地人，由于药味浓郁，口感并不容易被接受。

正是这种名为“五加皮”的酒，成了渔家艰苦生涯的最好见证。

由于终年生活在水上，身体不可避免遭受潮寒之气的侵袭，很容易患有风湿疾病，故而渔民都爱喝上一点酒以抵御寒潮、促进血液循环。因此，也催生了各种药酒，五加皮就是其中之一。

尽管如此，他们还是无法抵御来自这条江的改造。

在富春江一带，很多人都能从外观上分辨一个人到底是渔民还是农民。首先，由于船篷低矮，渔民每天只能盘腿而坐，久而久之，大多数人都变成了“蟛蜞腿”，也就是通常说的罗圈腿。其次，由于常年在撑竿撒网，身体重心偏下偏后，渔民走路时往往臀部后突，与农民明显不同。

在这条江上讨生活，渔民并不能算是最艰辛的。

富春江上最苦的行当，应该是纤夫。

纤夫生涯，有“神仙老虎狗”之说。如果顺风顺水，只要坐在船尾拉绳调帆，快活如神仙；如遇滩江上水，无论冬夏都要下水，前拉后推，嘴里呼喝如虎啸；最吃力的是逆水上行拉纤，有时船重吃水，四肢着地爬行如狗，苦不堪言。

纤夫中流传着这样一个传说。说他们的祖先，原本在朝里做官，只是嫌天天捧着朝笏板太麻烦，便在两头钻上洞，穿了绳子背在肩上。哪知道这么一改，就将朝笏板改成了纤笏板，世世代代成了富春江上的背纤人。

这虽然是纤夫自嘲的笑话，但“九姓渔民”的来源中，也有一种南宋遗民后裔的说法。元亡南宋之后，士大夫不甘失败，但又无力回天，便学不食周粟的伯夷、叔齐，舍陆登舟，不踏元人领土，以明誓死不降之志。

某种程度上，严子陵钓台，也在默默支持这种说法。钓台分为东西两台，西台也被称为谢翱台。谢翱，南宋末年诗人、爱国志士，倾尽家财组织乡兵，协助文天祥抗元，失败后避地浙东。公元1290年，文天祥遇难后的第八年，他披麻戴孝登临此台，面北痛哭祭之。

千年之后，这座东汉的古台，在血泪中见证了另一个王朝的覆灭。

而我们在桐庐县城，也发现了一种与这段历史有关的习俗。

桐庐有一种极负盛名的传统宴席，在民间有“江南满汉全席”之称。国画大师叶浅予是桐庐人，直到晚年，他还记得十岁时，因为这桌酒席挨过打。

那年，叶浅予的祖父八十大寿，家里宴客。一道鲜鱼上桌，小浅予举筷便夹，可没等鱼入口，就吃了母亲一巴掌。原来，这桌菜规矩很多，这道“元宝鱼”是不能动的，要剩下来，以求“年年有余”。

这桌酒席，有一个奇怪的名称：“十六回切”。

所谓“十六回切”，也就是以每十六道菜品为一个回合，按照预订回合数进行切换。通俗说，就是“翻台”。因此每一桌席至少有三十二道菜品。两个回切，就有四十八道菜品，属于极其隆重的酒席，很讲究菜品的合理搭配，不同季节有不同菜系。而用餐过程中，也非常讲究礼仪，迎宾、茶叙、唱名入席、巡酒，都有细致的规定。

由于规模宏大，真正吃过“十六回切”的人其实并不太多，以至于桐庐人用“想吃十六回切”来讥笑他人白日做梦。因此，关于“十六回切”，越传越神秘，越传越说不清楚，“回切”二字，更是极少有人知晓由来了。不过，很多专家倾向于认为，“回切”的“切”，原来极可能是“签”，“十六回切”，其实应该叫作“十六会签”，是从杭州，也就是南宋都城临安，传过来的。

“签菜”，两宋最流行的菜肴，古籍中以“签”为名的菜很多，如《东京梦华录》的莲花鸭签、羊头签、鸡签；《梦粱录》的鹅粉签、荤素签、抹肉笋签、蝤蛑签；《武林旧事》的奶房签、羊舌签；等等。

可惜的是，“签菜”的具体做法，至今学界也未有定论。不过，假如“十六回切”的渊源真的能够追溯到“签菜”，那么，一个王朝的亡国之痛，至今还残留在富春江人的舌尖上。

无论南宋遗民，还是陈友谅的部属，富春江上的渔民，都能给人以一种坚忍、倔强的印象。而假如将从洛阳回来的严子陵，也归入其中，那么这个群体背离朝廷、不与统治者合作的性格便愈发鲜明，也令这段江水，秀美中有了几分桀骜，野逸中平添几分倨傲。

这种情绪，似乎可以用来理解《富春山居图》流传过程中发生的一桩公案。

确切说，这是书画收藏史上的一个著名笑话。

《富春山居图》的流传过程相当复杂。公元1745年，一幅《富春山居图》被征入宫，乾隆皇帝爱不释手，在留白处一再赋诗题词，并郑重加盖玉玺。没想到，第二年，他又得到了另外一幅《富春山居图》。

事实上，后者才是真迹，第一幅不过是高手的伪作。但乾隆的判断正好相反，虽然也有大臣看出问题，但谁也不敢点破。就这样，黄公望的真迹，被当作赝品打入冷宫一百多年，直到近代，才得以拨乱反正。

后人往往将这出乌龙归咎于乾隆皇帝叶公好龙，书画鉴赏水平有限。不过，假如联想到画中这条江，联想到江上的九姓渔民，联想到严子陵，甚至联想到隐为道士的黄公望本人，难道我们不能认为乾隆的误判其实是合情合理的吗——紫禁城原本便不可能读懂这脉山水。

乾隆皇帝得到的《山居图》并非全本。

从火中抢回后，烧断的《富春山居图》被装裱为两卷：《剩山图》《无用师卷》。乾隆得到的是《无用师卷》。

天幸一脉好山水，被剩在了宫外。

过了桐庐便是富阳。一百一十公里的富春江，五十二公里在富阳。

富阳，秦汉以来都称富春，东晋时为了避一位太后的讳，才改为了富阳。

大概是因为天气，在富阳参观黄公望晚年隐居的白鹤村庙山坞时，我并不在状态。雨天不利登山，水雾遮盖了远景，终究同属一脉江南，黄公望的“小洞天”与我家乡的荒野山林，并无太大不同。当然，我也知道，我只是管中窥豹，所见的只是极其有限的景致。

对富阳的真正感觉开始于第二天的午饭。那是一处仿古的农家酒庄，火红的灯笼，堆叠的酒坛，顿时激发了被阴雨压抑太久的郁气。最令人兴奋的还是酒庄的名号：龙门客栈。这其实是个被引用泛滥的武侠符号，不过在这里却无比恰当。

因为龙门是这里的地名，在金庸、徐克的武侠千年之前，就一直被叫作龙门。

龙门，位于富阳城区西南二十公里处的富春江南岸，是一个面积只有两平方公里的古镇。镇上保留有规模宏大且相当完整的明清古建筑群，祠堂、厅堂、民宅、古塔、石桥、牌楼一应俱全。

龙门镇七千多人，百分之九十以上姓孙。他们很为自己的姓氏自豪，因为他们都是三国吴大帝孙权的后代。

开创了东吴的孙权，故乡就在富阳；而富阳龙门，直到今天也是孙权后裔的最大聚居地。

在龙门镇口，我看到了一口直径将近三米的超级巨锅。它有一个霸气的名称：掏牛锅。龙门人专门用它来炖牛肉，需要时，可以煮整头牛。

我还在龙门尝到了一种特有的小吃，名叫面筋。做法是将面粉用清水反复搓洗出面筋，再塞入精肉、笋干等馅料，捏成球状，入锅油炸而成。

龙门人说，这两种美食，都是孙权传下来的。孙权平生最爱吃牛肉，而面筋，则是行军时军粮被雨淋湿后的发明。

虽然没有确切根据，但这些说法也有一定的合理性。尤其是大锅煮牛，完全符合三国时期的“鼎食”模式。

龙门最传统的民俗表演是东吴战马，也就是俗称的竹马。不过，和别的地方相比，龙门竹马有着自己明显的特色。

龙门竹马舞，由冷兵器时代的马战演化而来，一般由八匹竹马组成一支队伍，演的都是《三国》的内容。表演时，由一人拿着长棍指挥，其余演员骑着以竹为架、外糊彩纸的“战马”，挥舞刀剑，颇有几分两军厮杀的激烈。

正如战马舞的阳刚之美，龙门人动作硬朗，看人的眼神甚至还有一些倨傲。不过，他们其实很友善，相当热心，只是脾气确实暴躁一些，还大都会些拳脚。

无数细节指证着这座古镇与孙权的关系。但看过了一座又一座厅堂、宗祠之后，我们却为这些古宅的主人感到一种越来越大的压力：

尽管几乎所有的家族都为祖上出过大人物而自豪，但他们有没有意识到，荣耀的背面，其实是沉重的负担？以乐曲作比喻，一上场，孙权便击响了最强音，这让后面轮番登场的演奏者究竟该如何延续？

据说龙门得名于严子陵的一句赞叹：“此地山清水秀，胜似吕梁龙门。”吕梁龙门，即黄河龙门，传说鲤鱼只要能跃而过之，便可化龙升天。孙权的成功，已经验证了严子陵的预言，难道在同一个地方，历史还能重演辉煌吗？

古镇的中心，有一座乡人称之为“工部”的厅堂，为明正统年间工部郎中孙坤之子为其父所建。孙坤一生最大的事业，便是为郑和下西洋督造了八十条宝船。虽然工程极其浩大，但孙坤设计、备料、施工有条不紊，做得相当出色。

这其实也是一种祖传的技能。

飞云、盖海、长安、赤龙、驰马、晨凫……这些都是史籍有载的东吴战船的名号。早在孙权时代，东吴的水军便已经称霸天下。相传富春江畔，便是三国时期东吴水师造船的地方。战船种类齐全，性能先进，甚至能建造高达五层、承载三千人的巨型楼船。尤其是船尾舵与双桅的发明，更是大幅提升了控船技术，足足领先西方国家将近一千年。

眼看着亲手督造的一艘艘巨舰首尾相衔，扬帆而去，这位具备大量航行知识的龙门子孙，会不会突发奇想，意识到舰船驶向的海洋，或许便是一条他们摆脱祖先压力、突围而出的新路呢？

为造船，孙坤心力交瘁，最终病逝于任上。到死也没有离开过陆地。

龙门号称迷镇，镇中道路错综复杂，外人贸然入内，往往晕头转向莫辨东西。除老街以外，古镇都为长弄小巷：最盛时有厅堂上百座，而每座厅堂左右都有两条独立的弄堂，因此全镇有大小巷弄数百条之多。据说，这数百条密如蛛网的巷弄乃是孙氏族人仿孙权用兵，依照兵法中所谓“迷魂阵”而精心规划的。

这种格局很容易令人联想到百余公里外的兰溪诸葛八卦村。这座国内最大的诸葛亮后裔聚居地，同样以建筑布局的精妙而著称。在冷兵器时代，为了能够最大程度地避免外人的窥探与骚扰，这两座古镇可谓费尽心机。

与诸葛村位于八座酷似八卦的土岗中心凹地类似，龙门镇的四周也有群山围护，尤其南北两山，如狮象把门。“自外观之，若无所入；自内观之，若无所出”，这分明是一处眼皮底下的真实桃花源，可以藏匿整个家族的绝佳所在。

富阳人还告诉我，其实除了孙权，三国中曹、刘的后裔也寄居在这里。同属一区的场口上村，有一支明末清初从安徽迁来的曹氏，乃是曹操后裔。而蜀亡之后，刘备族人为避祸，辗转逃难，其中一支也定居于富阳一个名叫曙星的古村，距离龙门仅有二十来公里。

某种意义上，他们同样在竭力隐藏着自己。

曙星村的刘备后裔，有个奇特的风俗，活着的时候，对外宣称姓“金”，去世之后才在墓碑上刻上本姓，即所谓的“活金死刘”。

刘（劉）为卯金刀，去刀不露锋芒，去时辰之一的卯以抹去时间，独独余一个最俗、也最不易引人反感的“金”字——世间还有比这更彻底的隐藏自己的方式吗？

龙门孙氏宗祠正门左右摆放着一对抱鼓石，上面饰有龙头鱼尾的雕纹。据说这是帝王后裔的规格，普通宗族不得僭设。但这令我忽然起了这样的念头，会不会所有人都误读了当初严子陵的话，他意指的龙门，其实刚好与吕梁相反：黄河龙门，鱼跃之成龙；而富阳龙门，乃龙疲归来重新化鱼？

近来，富阳又宣称，他们在境内找到了陆逊与赵云的后人。

有学者认为，三国的魅力，大半在水，而水的精华，在于长江。有人曾经统计过，《三国演义》全书至少有一半以上篇幅牵扯着长江，而最广为人知的战役，也大都发生在长江之上。然而，这一出大戏，主角竟然不约而同，先后隐遁于远离长江的另一条河流。

千年之后，我们终于看清了这一段历史的归宿，某种意义上，也就能够这样说：富春江才是《三国演义》的终结地。那么，黄公望的《富春山居图》，岂不正是这部大书的最后一页？

还有严子陵与九姓渔民。从东汉到南宋，从南宋到元明，这条沉默而内敛的江，不动声色地收纳了一个个王朝的辉煌与隐痛。

“剩山图”“无用师卷”，每一个名字都指向了一种难以名状的寂寥与虚空。

我又想起了画卷中的这条江。

富春，其实只是另外一条大江的中游一段。那条江发源于安徽休宁，流贯整个浙江北部，经杭州湾入东海。流程恰似一个“之”字，故而也被称为“之江”。

“之”，在任何一部汉语词典中，都是最常见的虚词。

作画之时，黄公望已是七十九岁高龄，水墨固然炉火纯青，世事却也沧桑阅尽。早已看虚是非，看虚成败，看虚帝王，看虚将相。青山依旧在，几度夕阳红。人间富贵，终究只是一场大梦；庙堂端坐，毕竟不如渔歌唱晚。牙爪峥嵘，何妨化作随波逐流；打下一座江山，何如种好一畦白菜？

点染之间，杀伐戛然而止；长轴卷起，彼此相逢一笑；刀光剑影，鼓角铮鸣，尽皆化作鸡犬声中一泓苍茫。

“早潮归去晚潮来，潮去潮来日几回？郎信不如潮信准，一天两到子陵台。”

富春东去。从桐庐开始，这条江便能感受到来自海洋的潮汐。

在富春江的尽头，我记起了一位富阳人。这位名叫施肩吾的唐朝诗人，三十五岁就考取了进士，却淡于名利，不待授官，便飘然东归，筑室隐居。到了晚年，率族人乘船渡海，到澎湖列岛定居，被视为大陆开发澎湖的第一人。

一座钓台，被他由富春江，移到了汪洋大海之上。

江过富阳，改称钱塘。

一个“之”字，从虚无处咆哮而来：每当月圆，那段江水便会掀起天地之间最雄浑的大浪。

刀笔乡

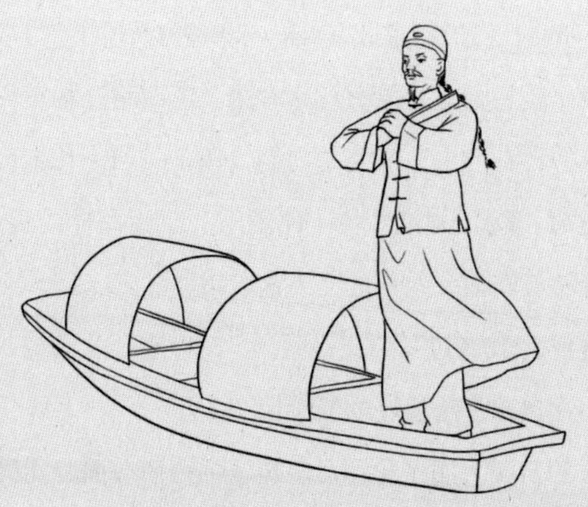

据说，上古时代最浪漫的邂逅就发生在这里。

一双跋涉万里的脚，竟迟疑着停了下来。那泓粉色的浅笑，骤然间令禹记起四季中还有春天，而自己，正当壮年。英雄与美人的爱情故事必然会成为传奇，他们相遇的地点，也被郑重地载入史册：在涂山，禹，迎娶了他一生的新娘。

“涂山者，禹所娶妻之山也，去（山阴）县五十里。”（《越绝书》）

几千年后，涂山仍叫涂山。只是洪水早已退去，涂山脚下不再是禹曾经见过的那片汪洋，而是一座始建于北宋、名叫安昌的绍兴古镇。

直到离开安昌，坐上返回市区的公交车，我才意识到，此行最具暗喻性质的物象极有可能与我擦肩而过了。

的确是擦肩而过，没有丝毫夸张。所谓路，其实只是两三米宽的青石河堤，而路的内侧，则是一堵十几米长的墙。经过时，为了避让几位一路嬉闹、学生模样的游客，我几乎是贴着墙根，匆匆走完了这段堤路。

就这样，我错过了“仁昌酱园”，一座开业已经一百多年、仍在按照古法运转的酱菜园。

南方的酱园大同小异：已显斑驳的白墙后面，无疑会有一块平整宽敞的空地；而空地上，应该摆放着数百口半人多高的巨大瓦缸，每一口都扣着尖顶的缸盖；横平竖直，日晒夜露，肃穆、凝静，就像一个披甲戴盔的重装兵团。

我本该一见的，就是这个由酱缸组成的军队。因为柏杨先生，这些原本极其寻常的瓦缸被赋予了一种沉重的象征意义，数百年文明淤滞造成的悲剧，至今还在一顶顶黝黑黏腻的缸帽下持续发酵。

不过，除此之外，我还认为，在这个河畔的古老酱园中，很可能还隐藏着解读中国历史的另外一种方式。

——假如将禹和酱缸，分别视作一段文明的两端，那么，涂山脚下的这座古镇，愈发显得意味深长。

因为有一座好酱园，酱油浸渍而成的腊味顺理成章成了安昌最醒目的风物。腊肠、腊肉、酱鸭、酱鱼，或挂于桥栏，或悬于门上，或摊于竹匾，安昌人用各种方式展示着他们的美食，以至于整座小镇都被抹上了一层略显油腻的褐色。

但我也知道，安昌最著名的出产并不是腊味，而是一种行当。

俗话说“无绍不成衙”，如同山东的响马、徽州的朝奉、河间府的太监、扬州的瘦马，绍兴籍的师爷也是天下一绝。而在绍兴，师爷大多数都出自安昌，据说仅清朝的后两百年，走出去的师爷便不下万人，安昌也因此被称为“师爷故里”。

师爷云云，其实只是民间的叫法，这个行当的正式名称应该是“幕僚”，即官员聘请来辅佐治事的参谋或者助手。

不过，相对于书面化的“幕僚”，口语中的“师爷”更精确地体现了这群人的特殊气质。

官员自有朝廷核准的品级身份，而凡游幕者，都是功名不就的潦倒布衣。尊卑高下原本壁垒森严，但一经聘用，两者的关系便发生了微妙的变化。长官一般都会尊称幕僚为“先生”或者“老夫子”，自称“晚生”或“兄弟”；幕僚也无须称长官“老爷”，而是“东家”“东翁”。彼此平礼相见，很多时候还得长官屈居卑位：很多清人笔记都曾经提到，长官如若与幕僚共餐，须得幕僚动了筷子酒席方可发动。

一言以概之，双方是主人与宾客，事主与顾问，甚至学生与老师的关系；幕僚对于长官，名副其实亦“师”亦“爷”。

起码明后期起，“绍兴师爷”就已成了一块响当当的品牌，甚至还出现了许多冒籍的假货。有这样一则轶事在安昌广为流传：某位知府履新，为了从众多候选师爷中甄别出真正的绍兴人，竟煞费苦心布了一局，每有应征者，便大鱼大肉招待，最终如愿以偿地锁定了一双屡屡舍弃山珍海味，却对一碟霉豆腐情有独钟的筷子——绍兴人对于各种口感怪异的霉腐类食物的强烈嗜好，早已世所共知。

将籍贯作为选择幕僚最重要的标准，数百年后听来似乎有些荒唐，不过在当时，这番心机却大受赞誉：

某种程度上，如同世俗人家安放于门楣的“泰山石敢当”，明清以来，一个“绍”字，已然被奉为一道隐秘的镇符，与紫禁城颁发的印绶互为表里，共同护持着天底下的每一座衙门。

绍兴并不太大，安昌更是弹丸之地。雇主们对于师爷行当近乎固执的地缘挑剔，究竟如何形成？寻常的解释不外是此处人多地仄，稻粱得从书中谋出，故而文风甚盛；然又僧多粥少，科举名额有限，大量高素质的铩羽者需要另寻饭碗，而游幕佐治，正是这群求官不得的失意人退而求其次的出路。

如此一套说辞言简意赅，不过我却以为尚未点到要害。对我更有启发的，还是绍兴在历史上用得最久、最为人所知的古名——会稽。

会稽本是绍兴城区东南的一座山，也是大禹的埋骨之地。可以说，禹是以会稽山为背景被历史郑重定格的。然而在我想象中，会稽山上的大禹，与其说是再造九州的治水英雄，更像是一位心思缜密，甚至有些阴鸷的算计者。

会稽者，会计也。会稽山原名茅山，因禹治水功毕，召集天下诸侯于此，一一检校业绩，赏功罚过而改名。《史记》言之凿凿，当天大禹还杀鸡儆猴，处死了一个迟到的部落酋长。

自然，论功行赏天经地义，恩威并施也是开国立基所必要，但我更愿意把同属一郡的会稽山看作涂山在文化上的延续；进而我还猜测，很可能正是因为涂山的那次偶遇，禹的形象才悄然开始了变化。

先秦典籍中，禹的妻子涂山氏被神话为九尾狐仙，当然，更为合理的诠释是他娶了一个以狐狸为图腾的南方部族的少女。而狐狸，自古便被视为百兽中最为聪慧的灵物，寄托着族人对于智谋的至高崇拜。

禹与涂山氏的对视，是否可以理解为一次北人与南人、阳刚与阴柔、粗犷与精明的剧烈碰撞？而他们最终的结合，是否就此改变了彼此的性格，以及这块土地的基因？

直到今天，我们还可以在檀板鼓钹中清晰地辨别出这对夫妻各自的遗传。绍剧与越剧，同样都是绍兴地区最负盛名的地方戏剧，而一种铿锵似铁，一种柔媚如水；前者的代表剧目是《孙悟空三打白骨精》，而后者则是《梁山伯与祝英台》。

因为是涂山氏的娘家，一个原本寻常的动作，在安昌显得别有深意。镇上的商铺，铺门都以多爿木板拼凑而成。这其实并不特殊，而是明清之后的普通店铺样式。不过，我却在这些叠放于墙角的门板上察觉到了某种历史的隐喻。

每间铺面的门板至少都有八到十扇，甚至更多；而每一扇的背面，都会在角落里标注着不同的数字。因为所有的门面，门板安装都有严格的次序，只要有一扇错位都得卸下重装。

也就是说，每天晨昏，这些以狐狸为图腾的古老部族的后人，都会进行一场小小的会计，其审慎程度，并不亚于当年会稽山上他们引以为豪的女婿。

日出日落，装上卸下。时间如门板般被层层叠压、收纳。

为了纪念那上万名从此处走出的师爷，安昌为他们设了一座世间独一无二的“师爷博物馆”。博物馆所依托的，便是一位名叫娄心田的师爷的故居。

灰瓦、低门、天井、小楼，娄师爷的家与我所见过的大部分江南平民老宅并没有什么不同，甚至还更显逼仄。家具陈设亦简单至极，卧室的眠床方凳据说是娄家原物，不雕不饰，也只是寻常物件。

娄心田是清末民初的名幕，曾做过黑龙江省主席马占山的秘书，若以资历而论，这三进小宅院，实在有些过于低调。而在所有介绍他的资料中，除了简略的几处履历，具体事迹几乎空白。实际上，虽然名为博物馆，陈列的资料中，关于真实人物的详细介绍，其实相当稀少，绝大部分还是一些笼统的幕僚知识普及，或者未注明出处、类似于民间传说的简短故事。

当然，这些感触应该只是因为我对一座面对大众的小博物馆要求过高，但我又注意到，师爷博物馆的位置原来在古镇的最里处。如此种种，不免令我猜测是否刻意为之，抑或，某种遗自师爷的天性，至今还在潜移默化地影响着安昌人的思维。

每位师爷都会本能地躲避着各种形式的曝光。就像鼹鼠，只有地底无穷无尽的黑暗，才能让它们感觉到安全。

某种意义上，师爷几乎是一种不见天日的职业。所有的师爷都会被请入地下，朝廷颁布的花名册，不会出现他们的名字，官修的史书，也不会收录他们的任何事迹。而各级官府公开进行的绝大多数行政仪式，如升堂宣判、视察农耕、奖励学子、出席集会、朝廷庆典，师爷们也会自觉回避，遁迹于大众的视线之外。

对于外界，他们几乎是隐形人。唯一可能暴露身份的，或许只有一到饭点就会飘出的酒气酱香：只要循着这股地域特征鲜明的诡异味道，每座衙门最机密的办公室便会水落石出。

师爷起居的“夫子院”，在官衙中的位置一般都在正堂之后的第二进屋舍；通常而言，长官坐堂治事时，师爷只能坐在隔屏背后听审，过程中即使出现了紧急状况，也只能通过衙役传递条子彼此联系。

一座完整的官衙被隔屏切割为明暗两部分。阴影掩盖了师爷的呼吸、心跳，以及全部表情，他就像一个在深夜随风飘浮的幽灵，无处不在却又无迹可寻。

凡此种种令我想起了绍兴的另外一个古名——山阴，一个缺少温度，幽秘、森冷的词汇；同时，还有一柄大禹与涂山氏的后人用过的、因隐忍复仇而载入史册的利器——越王勾践剑。我曾在湖北博物馆见过原件，其短小远远超出了我的想象：剑身长竟不过一肘左右，只能算是一把稍大的匕首。

——数千年后，那柄从山阴挥出的古剑依然寒光隐隐，我甚至还能感觉得到，剑鞘朽腐之后，它再也裹藏不住的那种怨毒、冷酷，毒蛇身上才会有的戾气。

还有绍兴最著名的黄酒。这种琥珀色的南方米酒，吴侬软语般的甜糯下，埋伏着翻江倒海的力量，不知放倒了多少疏于防范的北方豪杰。

从娄师爷的故居出来，再次看到了乌篷船。与其他江南古镇一样，也有一条小河横穿安昌而过，民房倚河两岸曲折而建，家家户户出门横穿廊棚，下了石阶便是泊船的埠头。窄小的船身，低矮不容直立的船舱，桐油漆成的乌黑竹篷，我突然发现若要隐藏些什么，这种绍兴独有的交通工具其实具有极佳的私密性。

这条名号不明的乡间河道，因为师爷而连接着整个中国的水系。数百年来，无数如娄心田那样的安昌子弟，被封藏严密的乌篷船，顺着河水源源不断地送往天南海北的“夫子院”。要很多年以后，他们才能趁着夜色返航。当船帘被颤抖着掀起，阳光当头射下，重新出现在故乡的游子，原来已是白发佝偻。

就在这一往一返间，乌篷船不动声色地载回了帝国某块版图数十年内所有的秘密。

安昌多桥。短短三里许的沿河古街上，就有十多座，号称“彩虹跨河十七桥”。

安康桥、普兰桥、三板桥、弘治桥、横桥、安普桥，桥旁有桥，桥外有桥，形状各异，年代不一，从元明清直到当代皆有。

查阅资料方知，这些石桥中，一大部分皆为返乡归老的师爷所捐建，即乡人俗称的“师爷桥”。桥之外，“师爷亭”“师爷路”在安昌也是随处可见。

落叶归根，修桥铺路造福乡梓，本是人之常情。只是，因为那位用一生积蓄捐门槛，“给千人踏万人跨”的祥林嫂，这类义举在安昌，却不免给我以某种心灵救赎的意味。

毋须讳言，“师爷”名号并不能算是褒称，而带有洗刷不去的负面、阴性的感情色彩。鲁迅的老师寿镜吾就说过，“境况清贫，不论何业都可改就，唯幕友、衙门人、讼师不可做”。一般概念中，师爷往往被归类为刁钻奸猾、贪婪狠毒、睚眦必报的小人；即使绍兴本地，乡野闲谈时也常对师爷加以嘲讽奚落。

如此推论也在情理当中：一辈子躲在黑房间捣鬼，伤阴骘的勾当想来免不了少干。清人笔记确实曾提到有师爷做了亏心事而夜夜噩梦，最终惊吓而死。周作人也指出，鲁迅《狂人日记》的原型，就是他们的一个表兄弟，在西北游幕时得了“迫害症”而精神失常。

这种印象，固然有失偏颇，但也不完全是空穴来风。人心良莠不齐，害群之马暂且不提，纪晓岚在《阅微草堂笔记》中提到的被师爷奉为圭臬的四句口诀，倒也能让外人对这个行当的性质有所了解：“救生不救死，救官不救民，救大不救小，救旧不救新。”

所谓救生不救死，指的是处理杀人案件时，反正被害者已死，还是尽可能不要处死罪犯，避免再闹出一条人命的好。救旧不救新，指官员交接，如有罪责，尽量推给后任，毕竟他有时间去填补。这两句虽有和稀泥之弊，但出发点倒也不失仁厚。至于另外两句，则毫不隐讳地表明了师爷的立场：如果需要做出抉择，他们一概以保全官员，而且是级别高的官员为准则，曲直是非百姓冤屈只能放在一边。

有一个现象值得思索。师爷晚年，多有著书立说者。

清代三大尺牍经典之一《秋水轩尺牍》，作者许思湄便是一个安昌籍的师爷。传世的师爷著述，比如《刑幕要略》《幕学举要》《居官资治录》《审看拟式》，为数不少。几乎每一部，作者都会极力强调幕僚应该恪守的职业道德，如“立心要正”“尽心尽言”“勤事慎事”“不合即去”等等。

不过另一方面，这些幕学著作传授的，却有很多是这一类经验：比如上报案情时必须“晓得剪裁”，根据需要对情节、供词、人证、物证、书证，甚至伤痕、尸检结果，都可大刀阔斧地加以删削；如此铸成铁案，除犯人无从翻案外，又能左右逢源，回旋有路，就是同为老手的上级幕友也难以识破。

我怀疑这些还是经过了删减的节本。

安昌的文史工作者曾收集到一套包括律例、成案、公文、书信、告示以及钱谷账册在内的档案，是迄今为止最完整的清代幕业档案。两百余万字都是安昌师爷孙云章一手抄录，用以训课子孙：师爷一行，多为子承父业亲友提携，每家每户各有心得秘本，绝不对外显露。这也是绍兴师爷为别处不可及之处。

棺材匠与郎中，对两者的职业能做出道德上的评判吗？——对于安昌人来说，师爷也只不过是一门熟能生巧的手艺，所谓的“吏学”或“幕道”，与打铁、烧窑、酿酒、制酱一样，本质并没有什么不同，都是通过满足雇主的需要而获得报酬。

善恶都在雇主一念间。

师爷的要价也相当高。

每座官衙其实都隐藏着一个巨大的黑洞。因为不入朝廷编制，师爷只能由官员以私人身份自行雇用；每个师爷一年薪酬少则数百、多则要上千两白银——而一位官阶七品的知县，每年俸禄却只有可怜兮兮的四十五两。

常言道千里做官只为财，背负如此亏空，官员们也是没奈何。《官场现形记》云：“初次出来做官的人，没有经过风浪，见了上司下来的札子，上面写着什么‘违干’‘未便’‘定予严参’，一定要吓得慌作一团。”

几乎所有官员都经历过这种惶恐。三更灯火五更鸡，好不容易修成个官身，不料甫一坐堂，却惊惧地发现，自己苦读半生，到头来却是百无一用。八股的起承转合，倒也得心应手，可日常公文却截然是另外一套路数。详、验、禀、札、议、关，一格有一格的禁忌。何况判牍行文只是政务基础，其他如钱谷征收、事务摊派、水旱灾荒、民变盗寇、上司过境，林林总总乱七八糟，同样一笔在手，昔日纵横捭阖，如今却重如千斤。

并不能责怪他们无能。明清以来，官员事务已经形成一套规范，所有行政措施都得严格依律办理，否则便是“违例”，罪责不小。乾隆年间《大清律例》已有六类四百三十六条，附例更多达一千四百余条，而且五年一小修十年一大修，愈增愈多，汗牛充栋数不胜数。而这项知识却被严格地隔绝在科举之外：清律三令五申，生员读书期间绝对不准过问地方政治。

因此做了官的文人便必须承受这种所学非所用的错位所带来的巨大痛苦：原来，入了官场，弦歌而治竟是一个南辕北辙的笑话；若想坐稳公堂，需要的并不是浪漫与激情，而是他们最欠缺的务实与琐碎。

师爷们兜售的就是这样一门手艺。

如果以为官员聘请师爷的目的仅在于此，那还未勘破这上千两白银的真正意义。我在娄心田故居所见的一则轶事，或可启人深思：雍正初年，本地有位徐姓师爷，精通幕业。某日，忽有使者邀幕，幕金优厚，只是不肯说出主人名字。入馆之后，使者关照，饮食自有人服侍，但绝不能出馆一步。待案卷送来一看，竟都是各省的重案。徐某满腹狐疑，多方打听，但房里服侍的下人却都含糊其词。

如此过了两年，来人送他回家，再三嘱咐此处事宜切不可泄露半字。多年以后，他才知道，这位神秘的雇主居然就是雍正皇帝。

此事同样没有注明出处，但雍正对幕业的重视的确屡屡见诸清人笔记。据《春冰室野乘》记载，雍正皇帝甚至还曾在河南巡抚田文镜的奏折上朱批“朕安，邬先生安否”——这位邬先生，便是田所聘用的绍兴名幕邬思道。

邬师爷的事迹近乎传奇：他问田文镜想不想做个有名的督抚，得到肯定的回答后，打包票说这事他能搞定，但有一个条件，他要以河南巡抚的名义上封奏折，不过内容田文镜一个字也不能看；田文镜咬牙赌了一把，结果一炮而红，大获雍正恩宠。只是当他事后终于读到署着自己姓名的奏折时，却吓出了一身冷汗：那竟是封言辞凌厉的参本，参的居然是雍正的母舅，当时最炙手可热的权贵隆科多！

原来，隆科多跋扈日盛，雍正极想翦除，却苦于中外大臣无一敢言其罪，自己又不好出面；如此憋闷之际，田文镜猛然参中痒处，其心畅快可想而知——抄写应酬，协助长官例行公事，不过只是粗浅功夫。一位高层次师爷的真正价值，正在于此。

顺带提一句，田文镜脾气很坏，待同僚下属都极其傲慢，但对邬师爷，却一直毕恭毕敬。田邬二人曾因事龃龉，邬甩手而去；之后田便事事不顺，屡遭雍正斥责，无奈之下只得再请邬师爷回来；结果邬师爷大摆架子，要求每天在他桌上放一个五十两重的银锭才肯捏笔，田也只能依他。

为何读懂帝王无法言说的心事的，不是本该倚为肱股的大臣，反倒是邬师爷这群与帝王素未谋面、游走于灰暗地带的绍兴平民呢？

我居然又想起了为婿并终老于此的禹。

幕学名著《佐治药言》曾用一句话概括过幕道精髓："神明律意者，在能避律。"所谓避律，指绕开或者化解各种障碍，以安然抵达目的地。

一定意义上，当年大禹治水，进行的也是同样性质的工程。他的伟大，正是从父亲的失败中，知晓疏比堵，更能有效地打开一条活路。

重重淤阻，禹凿开的是高山巨石；师爷们避开的，究竟是什么？

雍正对师爷的特殊眷顾或可对此做出解释。功过另说，雍正的勤勉与务实，在历代帝王中实属罕见。而其主政有一种力图挣脱传统束缚的倾向，如撇开内阁六部，设置军机处直接操盘。此等举措，固然可归结于其权力掌控欲之强，但也未尝不可理解为他在尝试着启动另一套操作系统。

以雍正之清醒，应该能看穿，帝国发展到他的时代，几千年烂熟下来，无论是乾清宫的“正大光明”，还是州府县衙的“明镜高悬”，所有堂皇的冠冕，其实已经走到了山穷水尽的地步。但就像一口酱缸，必须定时翻捣才不会变质，雍正必须为它的王朝寻找一个新的运行模式。他将视线投射到了缸底的淤泥深处。

在帝国的阴影里，雍正惊喜地发现了这群来自会稽山的手艺人。秉承了治水真传，又经过多年训练，绍兴人已经成为经验最丰富的舵手，探明了帝国所有潜行于地底的隐秘河道，熟知河道里的每一处暗礁、漩涡、泥淖。水流的每一道细微褶皱他们都了然于胸，足以胜任任何轨迹的航行，只要交给他们两个点，无论之间阻隔着什么，绍兴人都能将其顺利贯通。阳光无法照及之处，帝王与大禹的弟子一见如故，惺惺相惜。

包括紫禁城，再也没有一座公堂能够离开乌篷船的导航。这支地下舰队最终成了王朝运转的最直接动力：仅就清代统计，1358个县、124个州、245个府，全国的师爷，已经是一个数量不亚于正式官员的庞大群体。

关于绍兴人独特的口味，外人曾有调侃，说他们什么东西都可以酱来吃。那三四百年间，整个中国，实际上也被绍兴人酱了一酱；当霉斑与皱纹被酱色遮掩，一种注定的死亡也由表入里，暂时隐匿。

突然想到，成千上万艘乌篷船中，假如某天有那么一艘两艘，猛然掉转方向，会是怎样——

终于该说到那位无法绕过的绍兴人了。

“我总觉得周围有长城围绕。这长城的构成材料，是旧有的古砖和补添的新砖。两种东西连为一体造成了城壁，将人们包围。何时才不给长城添新砖呢？这伟大而可诅咒的长城！”

“中国大约太老了，社会上事无大小，都恶劣不堪，像一只黑色的染缸，无论加进什么新东西去，都变成漆黑。”

“假如一间铁屋子，是绝无窗户而万难破毁的，里面有许多熟睡的人们，不久都要闷死了……”

只要进入绍兴，再迟钝的游客也会感觉到，就像空气，鲁迅的笔力无所不在。

故居、三味书屋、咸亨酒店，固是当行本色，连远离老城区的安昌也不例外。

河街上的“宝麟酒家”很有些名气。掌柜沈宝麟是个六十多岁的老汉，蓄着半尺全白了的山羊胡，大概喜欢喝几口，鼻头与两颧透着酒糟的颜色。宝麟表情丰富，开朗健谈，常年戴顶乌毡帽，长袍短褂轮替，模仿阿Q或者孔乙己，兴致来了还唱几段莲花落，有趣得很，被公推为安昌的形象代言人。

不过严格说起来，鲁迅大抵对安昌不会有太多好感。他的这段话众所周知：“我总不肯做幕友或商人——这是我乡衰落了的读书人家子弟所常走的两条路。”“总不肯”三个字斩钉截铁地表明了他对幕业的厌恶。周作人在谈《彷徨》时也说：“（鲁迅）对于他的故乡一向没有表示过深的怀念，这不但在小说上，就是《朝花夕拾》上也是如此。大抵对于乡下的人士最有反感，除了一般封建的士大夫以外，特殊的是师爷和钱店伙计这两类，气味都有点恶劣。”

然而，伴随了鲁迅大半生的笔战中，他却屡屡被对手詈骂为绍兴师爷，而且是手段最毒辣、专门用深文周纳陷人于死地的刑名师爷。

当年的是非按下不提。鲁迅对师爷的排斥，我却认为只是当局者迷。肚腹里的反噬才是最致命的，黑暗真正的天敌，只能来自最黑暗处。

“我的作品，太黑暗了，因为我常觉得惟‘黑暗与虚无’乃是‘实有’，却偏要向这些作绝望的抗战……”

被窒息在同一口酱缸中，当有人终于无法忍受靠着越来越艰难的翻搗才能喘几口气，而是渴望着破壁而出时，只一个决绝的转身，那艘叛逆的乌篷船上就昂然站起了一位鲁迅。

不过这位从“黑暗与虚无”之处走来的绝望战士，其斗争策略，依然还是袭用着师爷的思维：

“对于社会的战斗，我是并不挺身而出的，我不劝别人牺牲什么之类者就为此。欧战的时候，最重‘壕堑战’，战士伏在壕中，有时吸烟，也唱歌，打纸牌，喝酒，也在壕内开美术展览会，但有时忽向敌人开他两枪。中国多暗箭，挺身而出的勇士容易丧命，这种战法是必要的罢。”

酱缸深处，那支如刀的笔，一丝一丝剜剔着堆积了数千年的冻土，为自己日渐陷入昏迷的族人开辟一条新的航道。

“背着因袭的重担，肩住了黑暗的闸门，放他们到宽阔光明的地方去——"

我再一次想起了上古那次发生于此处的邂逅。

"一群乞丐似的大汉，面目黧黑，衣服破旧，竟冲破了断绝交通的界线，……当头是一条瘦长的莽汉，粗手粗脚的……"(鲁迅《理水》)

沉重的脚步声中，大禹与鲁迅，两个中华民族应该永远铭记的背影，在师爷的故乡合而为一。

蒸腊肠、茴香豆、臭豆腐、花雕酒，在只有四五张方桌的宝麟酒家，我叫了几个最地道的绍兴酒菜来结束这次安昌之行。宝麟的"老太婆"主厨，他本人则腰系围裙，只管跑堂收钱，得了闲不忘撮起锡壶咂口老酒，再哼上几句小曲耍宝。

学界一般认为，幕僚制度终结于张之洞。张任湖广总督时，废聘幕友，委任在册官员成立"刑名总文案处"，作为督府的正式机关，"各省效之，绍兴师爷之生计，张之洞乃一扫而空"。若依此来算，中国的最后一代师爷，应该正是宝麟的祖父那辈安昌人——是巧合吗？"仁昌酱园"的创办，也差不多在那个年代。

微醺之际，忽有隔桌食客吃得过瘾，要买几斤霉干菜带走；拎过一杆乌亮的老秤，这位师爷的后人笑嘻嘻地开始了另外一种计算。

呢哝着看秤花时，他不知从哪里摸出一副眼镜戴上。那一瞬间，我分明看到，圆形镜片后面，有道狡黠的光一闪而过。

金窟记

浙江·遂昌金矿

我从来没有这么近距离地接触过一整块黄金。

确切说，是一块一尺有余的梯形金锭。名副其实的金黄，在同样颜色的灯光照射下寒芒闪烁，圣洁中透着几分妖魅。我感觉自己的呼吸，开始变得急促。而更令我心跳加速的是，我被告知：无论是谁，只要能够用两根手指提起它，就可以带走这块重达二十五斤的千足金锭！

按照三百元一克算，十克是三千，一百克是三万，一千克是三十万，十千克是三百万……越来越多的零闪着金光，在头顶来回飞舞。我平生第一次发现，自己与富豪之间，好像只有一步之遥。

屏息凝神，我伸出了右手的拇指与食指。

靠两根手指发家自然只能是个梦想。这其实是一个经过严密计算的不可能游戏，从推出至今，没有人成功过。

这只不过是作为旅游景区的遂昌金矿的一个游客参与项目。而在被列入全国首批28家国家级矿山公园之一的同时，这座目前仍在生产的金矿，还是全世界唯一开采历史达到一千四百多年的古老金矿。

然而，我在遂昌金矿见到的一切，却极大地颠覆了我对矿区的想象。在我的印象中，作为一座开采千年的矿山，应该是千疮百孔满目疮痍的。至少应是，地表裸露，植被贫瘠，阴霾，枯槁。但我看到的，却是满眼的绿色。山林茂密，峰峦层叠。时值盛夏，在山间随处择一树荫坐定，山风习习，蝉嘶鸟鸣，顿时暑热全消。与其说是矿山公园，倒更像一座森林公园。

当然，这首先归功于矿方的先进环保技术。不过，遂昌金矿的良好生态，还与另一个原因有关：这座矿山的一千四百年开采史，其实并非从未中断过；至少曾经有过三百七十多年的间隔。

事实上，今天的遂昌金矿，是20世纪60年代的全国找矿探矿热潮中，地质人员顺着在瓯江中发现的金砂线索，溯流而上找到矿脉而建立的。

在1976年重新开采之前，这座老旧的金山，早已经被人遗忘。

遂昌，地处浙江西南部，曾有古名为“平昌”，因境内两山前后平叠，如同一个“昌”字而得名。属于仙霞岭范围，境内山地面积近三百四十万亩，约占到了全县面积的九成，素有“九山半水半分田”之称，是个典型的山地县。

遂昌县域东北方向，距离县城十六公里远的万山丛中，有一处名叫麒麟头的村落，山民日出而作，日落而息，世代过着贫寒而平静的生活。但与别处不同的是，在村后的山顶上，有很多奇怪的水坑，坑口都不怎么大，也就二三十平方米，却深不见底。曾有人好奇，用丝线吊上石头往下沉，结果线放尽了石头还探不到底。久而久之，这些无底洞，衍生出了许多神秘的传说。

我对矿山的探访，就从这些诡异的坑洞开始。

而我的交通工具，居然是一列火车。

我乘坐的，其实是一辆货真价实的下井矿车，而且是20世纪60年代最原始的那种——当然，矿车已经改造成用电驱动。空间极其窄小，车身斑驳陈旧，富有沧桑感。

轮毂撞击铁轨的巨大噪音中，我们的火车，慢慢驶离简陋的站台，驶向正前方，一个黝黑不见底的山洞。

阳光一点一点从头顶退去。在这六月暑天，一种潮湿而森冷，类似于坟墓或者囚牢的阴气，逐渐吞噬了我们。

我要进入的，是麒麟头山顶，那些神秘坑洞中最大的一个，当地人称为黄岩坑。2005年，为了对探矿巷道进行爆破，无意中炸开了这个被标注为4号的坑洞。不料，一声巨响之后，山洪般的水柱汹涌而出，整整流了三天三夜。当积水终于倾泄完毕后，在场的所有人都惊呆了：他们眼前竟出现了一个气势恢宏的巨大石窟，更令他们毛骨悚然的是，这个石窟一片狼藉，满地都是凌乱的工具、油灯、碎瓷、木桶，甚至还有一架水车和几具白森森的人类尸骨！

一个体积庞大——空间将近十万立方米、高度落差150米——的古代地下金矿开采遗址就此重见天日。根据对尸骸及其遗留物的鉴定，专家论定，麒麟头黄岩坑，便是传说中的明代金窟。在此基础上，唐代的采矿冶炼遗址也被发现。至迟在唐上元年间（671—675）便已经有金银采冶活动，经宋入元明，甚至一度成为全国最大的矿银产地——终于，人们为这座矿山，整理出了一部传承有序的千年开采史。

今人的冲击锤与古人的石镐，匪夷所思地撞击到了一起。而我更关注的，却是这段古代采矿史的终结。

根据考证，关于黄岩坑矿业活动的最晚文字记录，出现在一块万历三十五年（1607）的《遂昌新作土城碑》的碑文内："境旁数矿，近诏止采。"撰写碑文的人，则是中国历史上最著名的戏曲家汤显祖。

除了文豪，他还有另一个特殊身份：遂昌的前任知县。

一到遂昌，我就发现，汤显祖是一个无论如何也绕不过去的名字。这位江西临川人，在这座山城中的影响力，几乎超过了任何一位本地人。直到今天，遂昌城内还是随处能够找到他的印记："遗爱亭""遗爱祠""牡丹亭"，甚至不惜空出一所已列入文保、全县最好的古宅，一一按照汤公曲意文辞点缀亭台楼阁，精心打磨成纪念馆——很少有一座城市，直到数百年后，还能像遂昌这般如此真心诚意地怀念一位匆匆而过的父母官。

"铁打的衙门流水的官。"满打满算，汤显祖在遂昌，只不过待了五年。对一个建置将近两千年的县邑，五年长度几乎可以忽略不计，即便对一个个体的人，五年，也不是太久的时间，如果保养得当，简直连白头发都添不了几根。

可就是这短短五年，却耗尽了汤显祖作为大明王朝官员的所有热情。

公元1593年春天，四十三岁的汤显祖，作为新任知县，来到了遂昌。

这一年，是明神宗万历皇帝即位的第二十一个年头，也是波旁王朝开始统治法国的第四年，同时还是西班牙无敌舰队覆灭、大英帝国海洋霸权树立——伊丽莎白盛世开启的第五年。

东西两片海洋，波涛尚未交集，都还在踩着各自的鼓点出将入相，因此这一切与汤显祖并无关系。不过，这年发生的一件事，被定性为某种权衡汤显祖意义的参照，数百年后还屡屡被人提及：也是在当年春天，二十九岁的英国人莎士比亚在伦敦发表了他一生中的首部印刷作品——叙事诗《维纳斯与阿多尼斯》。

此中的意义要到多年以后才能明晓，暂且按下不表。起码，这应该算是一次升迁，抑或说是赦免。过去的一年多，他都在徐闻做典史。典史是正式官员中的最低一级，属于在官衙中打酱油的边缘角色；更要命的是，徐闻位于雷州半岛，与海南岛隔海相望，任职其处，名为做官，实则流放。

已经无法确知汤显祖对于这次调动的心情，不过，以我的猜测，这位刚从海边来到山边的江西人，接过那枚小小的七品官印时，应该是悲凉多于喜悦的。

事实上，他的前半生，一直都生活在郁闷中。

与一般人时乖命蹇有些不同，汤显祖是自己给自己找的不痛快。他其实少年得志，出名很早，五岁开蒙，十二岁能诗，十四岁入学，二十一岁便中了举人。如无意外，一条青云之路已经在他眼前铺开，再进一步，他就能昂然踏入紫禁城。

可就是这最后的一步他居然走了十三年。直到三十四岁，他才以极低的名次考中进士。这只是因为，他得罪了不应得罪的人。抑或说，他为自己的不识抬举付出了沉重的代价。

汤显祖的整个青年时期，帝国的操盘手并不是龙椅上的神宗皇帝，而是湖北人张居正。汤显祖的文名传开后，张居正便想找他陪自己儿子考试。宰辅公子夺魁自是内定，需要的只是锦上添花：如能提升同榜进士的含金量，愈发可以衬托出状元力克群雄非比寻常。张居正托人放话，声称显祖只要肯合作，以他家衙内马首是瞻，保证他紧随其后，高高中在头几名。这本是皆大欢喜的好事，可汤显祖却一口回绝，弄得张居正落了个好大没趣。堂堂宰辅，一人之下，万人之上，热脸居然贴了冷屁股，心中懊恼可想而知，汤显祖的考运同样可想而知。三年一科考，三年一闷棍，连接几科败下来，就将一个齿白唇红的青春少年熬白了头——还幸亏那一科时张居正已经病逝，他才得以侥幸过关。

虽然张居正时代已经终结，但汤显祖的仕途还是不顺。入仕的次年，他便以七品阶被发到南京任太常寺博士。永乐迁都之后，南京沦为留都，所设官职皆为闲职，多用来安置北京被降职或者排挤出来的闲官，太常寺尤为闲中之闲。而汤显祖的冷板凳，一坐就是七年。七年之后，一封激烈弹劾时政的奏疏，终于将他自己发配到了帝国的最边缘。

这种处分或许是难以避免的。读汤显祖的生平时，耿介清高之外，他总会给我一种孤僻、不甚合群的印象。张居正那一节揭过不表，在文人圈中，汤显祖同样是个另类。明中后期，文坛派别林立，有所谓“前后七子”云云，汤显祖却一概不以为然，更不站队。当时文坛宗主是王世贞，也在南京，世贞弟世懋还是汤的直接领导。可汤显祖却不愿与王氏兄弟来往，甚至在公开场合还将王世贞的诗文细加剖析，一一指出其中剽窃古人的字句。世贞得知，只能摇头苦笑。

物以类聚，人以群分。汤显祖并不太多的至交好友，如顾宪成、高攀龙、屠隆，推崇的海瑞、徐渭，仰慕的李贽，几乎个个都是又臭又硬、不好相处的刺儿头。而他本人，更是被很多大人君子视为“不可近”的“狂奴”。

由北京滑落南京，随即从南京直坠徐闻，再由徐闻万里北上。现在，他被自己选择的命运驱赶着来到了遂昌。

沿着由矿道改造成的低窄隧道，火车朝着山腹深处一路颠簸前行。气温急剧下降，手脚皮肤触碰到的车厢金属部分，甚至开始有了些冰凉。隧道曲折而幽深，而我的眼镜镜片，则因为洞窟内的水雾，变得一片混沌。我根本不知道这两条锈迹斑斑的铁轨，会将我带到什么地方。

这大概也是汤显祖初到遂昌时的感受。

尽管是中国最优秀的戏曲家，但在遂昌的五年，汤显祖更令我关注的，不是创作，而是作为朝廷命官的政绩。

与在南京时与官场格格不入不同，汤显祖的遂昌知县做得相当出色，即便是以对基层吏治要求最严格的汉代标准，他也能被归类为循吏。公平治狱、劝课农桑、奖励学子，一个称职的父母官该做到的，他自然不在话下。但细究起来，汤显祖主政，却有着浪漫的诗人气质。

汤显祖不止一次说过，他审案时虽然也动过刑罚，但都很有分寸，从未打死过一名囚犯；也从未借兴建学舍、城墙等政府工程捞取油水；甚至从不收取一文钱的赎金；他尤其强调：五年中，遂昌县衙未曾拘捕过任何一个女人。

遂昌任上，汤显祖最为人所乐道的有三件事。其一是身为一个文官，他亲率兵丁入山猎虎，居然一举“杀虎十七”。另外两件则都与囚犯有关：某年除夕，他竟然将狱中的囚犯放归家中过年，春节后再回狱服刑；新年里来是元宵，汤显祖又将囚犯从牢中放出，让他们到城北河桥上观看花灯，也体会一把节庆。

后人通常把汤显祖此举归结于对百姓的仁爱。诚然。不过除此之外，我还愿意把它理解为一种对自由深入骨髓的向往。诗人的心都是软的。将心比心，只要权限许可，他要尽可能让所有的人都活得舒展，活得有尊严。

遂昌终于给了他这样一个机会。天高皇帝远，这个处于“万山溪壑中”的偏僻山城，他可以说了算。

从那段时期的诗文看，汤显祖前几年的官当得还算舒心。在他的笔下，遂昌俨然就是个上天恩赐的世外桃源，而他则自诩为彭泽县里的陶渊明：

“风定乌纱且莫飘，莲城秋色半寒潮。黄花向客如相笑，今日陶潜在折腰。”

“平昌四见碧桐花，一睡三餐两放衙。也有云山开百里，都无城郭凑千家。长桥夜月歌携酒，僻坞春风唱采茶。即事便成彭泽里，何须归去说桑麻。”

我还注意到一个细节。与朋友通信，提到遂昌时，汤显祖总喜欢用同一个形容词：“斗大”。虽不无自嘲，但也可以想见，当时显祖胸中，文人“治国平天下”的热血应该尚未冷却——此前远斥徐闻，也正因为一腔忧国忧民之心。显祖自命大才，又尚在壮年，治理遂昌应该只是牛刀小试。

重叠的乱山围成一个小小的斗。蜷在斗底，汤显祖憧憬着山外的天大地大。

“山也清，水也清，人在山阴道上行，春云处处生；官也清，吏也清，村民无事到公庭，农歌三两声。”

遂昌任上，汤显祖赢得了民心，也赢得了口碑。按朝廷规矩，知县三年一迁，以他的考评，完全有资格往上爬个一两步。事实上，也有上司举荐过他，连候选职位都有了：或者入南京，为重回北京做好铺垫；或者原地升一级，继续积累从政资本。然而，这一切美好前景，总是在最后关头铿然粉碎。

多年之后，汤显祖仍然未能吸取徐闻的教训，在公文中评议时政照样口无遮拦，屡屡刺中时任首辅王锡爵的痛处。前有张居正，后有王锡爵，纵观汤显祖一生，善于得罪人实在为其一大特色，而且得罪的，还都是最高级别的大员。

大人很生气，后果很严重。很快，各级上司对遂昌政事的指责越来越多，要求越来越严，甚至连被传为佳话的纵囚，也给予了极其严厉的批评，上纲上线，说这是目无王法的标新立异、不计后果的沽名钓誉。舒开不久的眉头重又紧锁，汤显祖的心情越来越糟糕。在书信中，他曾对朋友如此哀叹："斗大县，面壁数年，求二三府不可得，通公亦贵重物哉。"有时喝了点酒，愈觉前景漆黑一片，诗文更是牢骚满腹："只言姓字人间有，那得题名到御屏！"

由希望到怀疑，由怀疑到失望，由失望到绝望……灰色的情绪，如浙南的米酒，日夜在寒冬里悄然发酵。汤显祖笔下流出的旋律，也一改之前的从容宛转，越来越急促，越来越凄厉。

终于有一天，纤细的笛管再也承受不了太多的悲愤，砰然开裂。

汤显祖万万没想到，就像骆驼背上的稻草，最终压垮自己的，竟然会是黄金。

至迟从唐朝开始，遂昌便已是朝廷在册的重要金银产地。只是，正如象因牙殒命，麝因香丧生，这桩富贵注定背负着不祥的诅咒，在汤显祖——即以万历为年号的明神宗皇帝时期，更是祸根。

"只知财利之多寡，不问黎民之生死""好货成癖"。历朝历代皇帝中，明神宗的贪婪相当出名。尤其他对金银的热衷，更是罕有其匹。张居正死，神宗亲政之后，很快就派遣了一批宦官担任矿监税监，四处采金搜宝。太监本就容易因生理缺陷而心理变态，酷刑杀戮，什么手段都使得出，如今圣命在身，更是百无禁忌，所到之处横征暴敛敲诈勒索无所不为。作为老牌金矿，遂昌自是在劫难逃。

火车终于停了下来。

拉开车门，一股湿冷的阴风嗖然扑面而来，浑身一凛，呼吸间却感觉有种难以言说的陈腐气息。

借助冷青色的壁灯，我看见，这是一处类似于交通枢纽的矿道交集点。几乎每个方向，都有洞口延伸到黑暗深处——刚才那阵吹向我的风，究竟是从哪朝哪代、哪个洞口而来？

额头一冰，有水滴从岩壁悄然坠下。仰望洞穴，岩石纵横倒垂、犬牙交错，每一块都像是随时可能坠落——我记得，这座明代金窟，是所有朝代矿洞的最底层，距离山顶足有148米。

我忽然想起了各种史籍记载中的矿难，想起了从这座石窟里被水冲出的尸骨。再四下张望时，竟有了一种错觉：好像有无数双怨毒的眼睛，隐藏在岩石缝隙间冷冷地注视着我。

我不由得打了个寒战，努力将想象转移到汤显祖上去：这位内心柔软敏感、崇尚自由与光明的诗人，当年进入这座矿洞时，究竟是什么感受？他的眼前，会不会幻化出一个活生生的人间地狱？

在汤显祖主政遂昌的第四年春，朝廷委派的矿使太监曹金，终于来到了遂昌。一到任，他就要求复开黄岩坑矿洞。

当时，黄岩坑老矿洞因弃采多年，积水很深，甚至可以行船，但矿监不管不顾，规定期限必须完成。在其逼迫下，汤显祖不得不组织开采，但当时全遂昌县仅一万三千余人口，青壮年不足五千人，仅排除黄岩坑积水就至少需要几百名精壮劳力连续苦干三年。

对朝廷无异于杀鸡取卵的矿税政策，汤显祖极度愤慨。他将矿使称为敲骨吸髓的“搜山使者”，并写诗讽刺：“中涓凿空山河尽，圣主求金日夜劳。赖是年来稀骏骨，黄金应与筑台高。”矛头直接指向紫禁城。

但作为底层官员，区区一个偏僻小县的知县，汤显祖又能拿这些代表着皇帝本人的狗腿子怎么样呢？何况他自己还被打入了官场的另册，无数双早已备好的小鞋，还等着他一双一双去穿……

黄金入药，可重镇安神，然而，它却令汤显祖心烦意乱，头疼欲裂。

“上有葱，下有银；上有薤，下有金。”

终于有一天，这句民间流传的寻找金银矿脉的口诀，令他猛然参透了眼前的这个荒诞世界：葱薤本是异味之物，佛教将其归于浊臭，皈依者必须断绝。

原来，所谓人间富贵，本质不过是种种臭腐？

一通而百通。过去数十年的画面在汤显祖眼前急剧流转。他见过金银的挖掘，见过猛虎的死去；见过金榜题名，见过孙山落第；见过海洋，见过深山；见过南京，见过北京；见过宰相，见过皇帝；见过碧云天，见过黄花地；见过如花美眷，见过似水流年；见过姹紫嫣红，见过残垣断壁……

不知不觉间，汤显祖全身冷汗涔涔。原来这一切，皆不过是红氍毹上一声低低的叹息。

“天下事耳之而已，顺之而已。”心头一点火苗，越来越弱，终于黯然熄灭。

公元1598年，汤显祖向朝廷递交了辞呈。也不等批复，在一个初冬的清晨，他高高挂起官印，拜完三拜后转过身来，慢慢踱出了县衙。

同一年，莎士比亚出版了《亨利四世》。《亨利四世》

是莎士比亚历史剧中最成功、最受欢迎的一部，被视作莎士比亚历史剧的代表作。

遂昌是汤显祖一生中唯一一段真正独立主政的仕宦经历。

弃官之后，汤显祖回到故乡，自称“偏州浪士，盛世遗民”，以“茧翁”自号，潜心于戏剧及诗词创作，再不出仕。晚年汤显祖，家况清贫，但他甘之如饴，绝不肯接受郡县官员馈赠，甚至闭门谢客，不与他们周旋。

公元1616年，汤显祖于贫病中病逝于临川家中，时年六十七岁。

同年4月23日，莎士比亚病卒于故乡斯特拉福。

也是在这一年，女真部落酋长努尔哈赤于赫图阿拉称可汗，国号金。二十八年后，他的孙子福临，成了紫禁城的新主人。

《临川四梦》，后人拈出一个“梦”字，收纳了汤显祖的最重要作品。不过，我却始终以为，汤显祖一生真正的梦，抑或说第一场大梦，早已破碎在浙西南的山林深处。此后的一切，迷离恍惚，不知是庄周化蝶还是蝶化庄周，皆不过是梦中之梦罢了。

不过，以大历史的眼光看，汤显祖在遂昌的五年，意义却还可以放大很多倍。

正如史家黄仁宇用《万历十五年》来作为他阐述中国历史大势的书名，万历，在中国所有的帝王年号中，甚为特殊。某种程度上，中国历史发展到明中后期，尤其是神宗时代，农耕时代所能给予的全部缓冲都已经用完，所有的矛盾图穷匕见。权术的极致、官场的软熟、商业的崛起、海洋的冲击，价值观空前混乱，人心从来没有如此不安和躁动过。一定程度上，汤显祖曾经尝试过坚守传统道德，这也应该是他敢于对抗张居正等宰辅的勇气来源。但他不会意识到，他所面临的，其实是一场酝酿数千年的劫数。他，张居正，甚至神宗皇帝，无一不是劫数中人。

这事实上是一个失去方向的时代——我甚至认为，神宗皇帝对黄金的疯狂攫取，或许是一种没有安全感后的病态反应，就像寒冬来临前拼命囤积橡果的松鼠。

在这种背景下，让汤显祖，一位性格偏执的艺术家，遭遇一座原生态的金山，更像是某种深思熟虑的角色测试——一种精神与物质真正意义上的短兵相接；一出不设舞台、无鼓乐伴奏，却又内涵无限隐喻的《金窟记》。

汤显祖辞官之后，采矿继续进行。为了尽可能多地得到黄金，矿监竟然逼迫矿工将历代遗留、用以支撑矿洞的岩柱也给凿了下来。

万历二十七年，也就是汤显祖回到临川的第二年，遂昌金矿发生了一次严重的塌方，造成重大伤亡。

矿区开放了那年的矿难现场。凌乱的巨石堆成了一座山中之山，不难想象当时天塌地陷、落石如雨的可怕场景。据介绍，这些石头底下，现在还压着上百具矿工的遗骸。

刹那之间，我感觉到这座山的每一块石头，都散发出了阴寒彻骨的怨气。

在金山最深处，我不由得微微战栗起来。

矿难之后，幸存的矿工再也不甘驱使，纷纷开始闹事，生产难以恢复，神宗皇帝不得不同意了这座矿洞的报废，也因此有了汤显祖那块总结性的碑。

洞窟闭合，尘埃落定。不消几场春雨，野草与杂树就掩盖了所有的劈凿痕迹。一座黄金之山，从人们的记忆中迅速隐退，回归于莽莽苍苍。除了几个幽深的水坑，一切浑然，静谧，有如远古洪荒。

一场大梦，了然无痕。

崖壁道场

甘肃·泾川百里石窟长廊

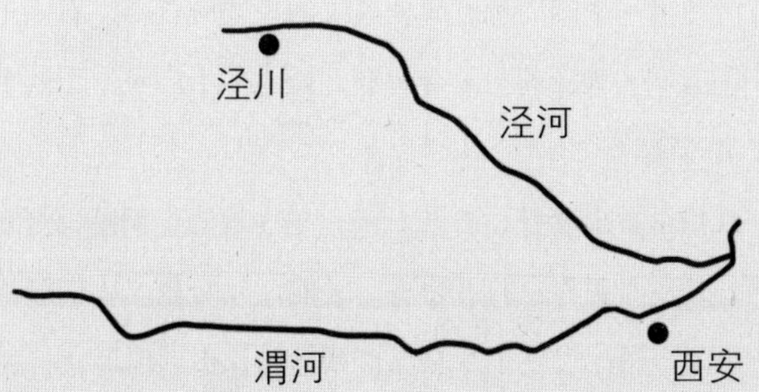

舍利子，即佛陀或者高僧遗骨火化后结成的珠状结晶体，是佛门至高无上的圣物。

提及舍利，最为人所知的，应该便是陕西法门寺地宫出土的释迦牟尼佛指骨舍利。法门寺也因此奠定了在世界佛寺中崇高的地位。

法门寺地宫是1987年被发现的。然而，很少有人知道，1949以来，最早且数量最多，甚至于某种程度上意义更加重大的佛舍利发现，其实并非在法门寺，也不在陕西。而是在秦陇交界处的黄土高原中部，一个名为“泾川”的小城。

时光倒退到法门寺地宫被发现的二十三年前。1964年12月下旬，泾川县城关公社贾家村生产队，社员在平整田地时，刨出了一个状如古墓的地宫。在地宫中，考古人员清理出一个四周刻有缠枝莲纹的长方形石函，石函正中，刻有“大周泾州大云寺舍利之函总一十四粒”十六个阳文隶体字。

就像俄罗斯套娃，打开石函，是一具鎏金铜匣；打开铜匣，是一具银椁；打开银椁，还有一具金棺。人们最终在小小的金棺里发现了一只晶莹剔透的蒜头形琉璃瓶，瓶内呈放的，正是那十四粒佛舍利。

据考证，这十四粒舍利的最初安放者是隋文帝，这座地宫便属于他诏令建造的舍利塔。后来武则天利用佛经为自己女身称帝制造舆论，在隋塔寺的原址敕建大云寺，并取出舍利供奉后重新瘗葬，早在隋唐时期便已是国之重宝。

出土不久，这批舍利连同五重套函就被调送到甘肃省博物馆收藏。似乎什么事也没有发生，泾川很快恢复了平静。但历史在五年后再次重演：1969年冬，在泾河大桥的铺设工地上，施工人员又发掘出了一个北周早期的石函，其中安放有舍利三十二粒。

泾川的舍利传奇仍在继续。2012年12月31日，同样是在寒冷的年底，泾川县在复建大云寺时，又发现一处北宋地宫，出土当时僧人从各地搜集而来供养的佛牙佛骨及佛舍利两千余粒。

一方水土，得以舍利加持，已属莫大荣幸，而泾川区区一县，从1964到2013年，半个世纪却三次现世。更匪夷所思的是，这三批舍利，发现区域都在一里之内，可称出自同一处遗址。

这应该是世界佛教史上绝无仅有的圣迹。

宋人周密，提及汴梁大相国寺时，发过这样的感慨：“曾记佛书言：山河大地，凡为城邑、宫阙、楼观、塔院，亦是缘业深重所致。”泾川，这个低调而沉默、几乎被很多人忘却的陇东北小城，究竟为何，能与佛门结下如此深厚的缘业？

2018年暮春，我以一名佛教遗迹探寻者的身份来到了泾川。

“上寺街”“下寺街”“水泉寺”“和尚沟”“罗汉洞”“袁家庵”“铁佛村”……

摊开泾川地图，我一眼就发现，这座古城中，竟然到处标记着佛的符号。

泾川博物馆的魏海峰馆长告诉我，他统计过，截至1945年，全县一共有五十八个以佛寺庵命名的地名，而且其中绝大部分至今还在沿用。

魏馆长还告诉我，这些地名并非随意而取，几乎每一个都对应着一处修行场所。他说，泾川自古便佛教兴盛、丛林遍地，根据文献记载，截至清朝末年，县境内共有佛寺庵堂一百五十三座。

“不过，”他说，“这一百五十三座寺庙，仅仅是泾川佛教道场的一小部分。”

我知道，他说的佛教道场，便是那条“泾川百里石窟长廊”。

“百里石窟长廊”，指的是泾川县境内——西起泾汭河交汇处的王母宫石窟，东至泾明乡太山寺石窟——呈走廊状开凿出的大量佛教窟龛，累计长度有一百余里。据勘察，长廊现存窟龛数为八百二十二个。主要包括王母宫石窟群、南石窟寺石窟群、罗汉洞石窟群、丈八寺石窟群、凤凰沟石窟群、南石崖石窟群等。

在泾川的两天，魏馆长陪同我们逐一探访了最具代表性的名窟。

王母洞石窟，位于泾川县城以西一里，因开凿于王母宫山脚下而得名。这是一座典型的中心塔柱式窟，深10米，宽12米，高11米，中央凿出6米见方的塔柱，四角以四白象驮四塔的造型直托窟顶。早期塔柱四面和窟内四壁分三层雕塑有佛、菩萨、天王、罗汉、力士、胁侍等造像一千余尊，俗称“千佛洞”。目前塔柱残缺一角，佛像也只剩二百余尊，但气象依然恢宏富丽，最大的佛像有4.4米之高。环顾窟中，有一种被天地十方诸佛菩萨垂视的肃然。

相比王母宫石窟，位于泾川县城城东十五里处的南石窟寺，更令我震撼。南石窟寺现存五个洞窟，其中最大的第一窟高11米，宽18米，深13米。环形正壁台基上，雕有七尊均高7米的巨大立佛，隆鼻大耳，长衣垂膝。每尊佛都有两尊女身造型的菩萨胁侍，前壁门两侧各雕一尊弥勒菩萨交脚坐像，窟顶则浮雕佛教经典故事。窟体之宏伟，佛像之壮观，于我平生实属震撼。当阳光从前壁门顶上方的方形明窗中洒下，光线轮转，七佛微笑，一刹那间，如睹佛国。

魏馆长告诉我，此窟的开凿极富传奇性。它不是由表及里、从外到内，而是从最高处的天窗开凿，一次性完成窟顶浮雕，再一边去石、一边凿像。如此由上到下一点点雕琢掏空，石窟与佛像浑然一体，一气呵成。

也就是说，我眼前的大佛，每一尊都是先露螺髻、再露额头、眉、眼、鼻、唇……最终到脚趾，如此一寸寸从地底涌上来的。

正赞叹不已，魏馆长又告诉我，根据文献记载，南石窟寺的全部工程连头带尾只用了一年。

一年！即使在今天，这应该都是个很难完成的任务。我隐约地感觉到，这些石窟背后，除了国力支撑，还很可能有着一支大师级别的专业团队。

毫无疑问，以王母洞石窟与南石窟寺的规模与造像，即使放在敦煌、云冈、龙门之类最著名的佛教石窟中，也绝不逊色。

事实上，在看到中心塔柱以及北魏风格明显的王母宫石窟时，我当即就想起了云冈石窟中最有代表性的第六窟。那座近方形石窟的中央，也是一个高约15米、连接窟顶的方形塔柱，塔柱四面及窟内四壁也都雕有各种佛菩萨像以及佛教故事浮雕。无论结构、创意，还是细节雕饰，虽然相距千里，陇东的王母宫石窟与山西的云冈第六窟，竟然有着如此酷肖的风格。

这两座石窟，有没有可能出自同一个团队？

顺着这个思路，我继续查找史料。

经学者考证，王母宫石窟开凿于北魏太和年间，最可能的建造者，是本地人，时任泾州刺史的抱嶷。而根据史籍记载，抱嶷曾经担任大长秋卿——北魏时期，主持开凿云冈、龙门石窟的官员，便是大长秋卿。

云冈第六窟的开凿年份是北魏迁洛以前的孝文帝时期，即471—494年，与王母宫石窟的建造时代基本重叠。而南石窟寺则开凿于北魏永平三年，即510年，也相去不远。

种种证据都暗示，主持修凿云冈与泾川石窟的官员，完全有可能是同一个人。

甚至他所选用的工程队，也完全有可能是同一支。

云冈，乃至龙门，同一个大师团队打造出的百里石窟长廊！正当我为这个设想激动不已时，泾川石窟专家、文化学者张怀群先生却告诉我，泾川百里石窟八百二十二个窟龛中，现有造像的仅为三十五个，较为完整的造像只余四百三十六尊，绝大多数还是没有任何造像的空窟。

不过，张先生随即信心十足地补充道，其实，泾川百里石窟长廊，最大的价值，恰恰正在这里。正是窟龛中的空无，令这段石窟，与敦煌、云冈、龙门，乃至距离最近的麦积山石窟区别开来。

南石崖石窟群，位于泾川县城十四里处山崖上，总共有石窟一百零六个。

这些石窟外观并不显眼，但进入之后，我们却发现，里面别有洞天，有礼拜窟、禅修窟、讲经窟、寝窟、仓储窟，还有壁橱、锅台、水井，甚至东司，也就是厕所，一应俱全。而且呈现某种复式套房的构造，以两三个或数十个窟龛形成一个相对独立的群落。

这些石窟最大的特点便是：绝大多数都没有佛造像。

昔人已去。看着空荡荡的石窟，我想起了最初的佛教石窟。

作为一种佛教建筑形式，石窟由印度传入。佛教提倡遁世隐修，因此僧侣们往往选择幽僻之地开凿石窟。不过，印度早期佛教，原教旨并不立偶像崇拜，制作佛像是一种亵渎神圣的罪过。即便造像，也通常间接表述，只雕塑莲台、法轮、菩提树、佛足迹等标记来象征佛。

也就是说，同样都是礼拜窟，没有佛像的反而可能要早于有佛像的——魏馆长证实了我的观点。他说泾川石窟，开凿年代并不统一。虽然以北魏为主，但也已发现，有很多空窟，显然要早上许多，有一些还是佛教传入中国后的第一批石窟，其意义绝不亚于敦煌。1979年在泾川县玉都镇太阳墩村曾经出土过一尊华盖鎏金铜佛，是国内佛教早期圣物的典型代表，也可以佐证泾川传入佛教之早。

开凿这些石窟的，应该就是真正的苦行僧，最原生态的佛教修行者。我猜测，他们信奉的应该是自觉自悟的小乘佛法。相比以高调姿态向信众开放的造像佛窟，这些朴素的空窟令我明显感到了某种渗入崖壁深处的坚忍与孤独，甚至还有一份对外界的戒备与排斥。

我注意到，这些石窟的封闭性很强，防御功能很好。有很多甚至开凿在刀削斧劈般的峭壁上，进入石窟得靠栈道；有的则通过秘道或者竖井进出——所谓竖井，即在崖壁上开凿的井状管道，上下竖直，只能踩着井内壁抠出的脚窝小心攀爬；往往窟内有窟、洞中套洞，深不见底。用石窟，他们毅然将自己隔绝了世俗。

魏馆长还带我去看了罗汉洞石窟。这个石窟群同样始凿于北魏，之后历代都有所扩建，在泾川石窟群中属于规模最大的一处。现在保存下来二百六十三个大小洞窟，也有一大部分属于空窟。共有十九个洞口，上下多层，通过长廊、甬道、竖井相互连通，硬是在山崖内掏出了一座易守难攻的迷楼。

我注意到，无论是南石崖还是罗汉洞，石窟大都开在悬崖壁腰，即便是底层，离地也至少有十余米，而且往往以竖井为进出通道，其实存在相当大的危险性。

在很多崖壁的高处，我还看到了一种小窟，窟口严实地填满了石块。魏馆长说，那是瘗窟。有些僧人苦修，一辈子不出石窟，去世了，同伴便就地将其封葬在里面。

日出日落，日落日出。面壁枯坐，佛在心头。每一座石窟，都在空荡荡的崖壁深处，绽放着一个七宝琉璃的极乐西天。

魏馆长介绍说，在百里石窟长廊中，类似南石崖石窟群这样没有佛像的空窟，大约有六百个。而仅南石崖石窟群，至少便可容纳上千人修行。

当我逐一在地图上寻找这些石窟的位置时，很快发现，这些石窟群，竟然绝大部分都排布在泾河两岸的山崖上——泾川的得名，便是因为泾河由西北向东南穿城而过。

但流经泾川境内的只是泾河其中一段。这个念头突然启发了我。我想起来，前来泾川的途中，我经过一座名叫彬县的陕西边城。我知道，彬县有一座著名的大佛寺，也是因山起刹，在400米长的崖面上开凿出了一百三十多个石窟。

还有“南石窟寺”，有南自然就有北——“北石窟寺”，那座与泾川同时开凿、互相呼应的石窟群，位于甘肃庆阳市境内。

彬县与庆阳，距离泾川都只有几十公里。更关键的是，它们同样属于泾河流域：泾河，发源于宁夏六盘山东麓，东流至平凉、泾川，于杨家坪进入陕西长武县，再流经政平、亭口、彬县、泾阳后注入渭河。

我还记得，泾河的北源、宁夏固原，也有一个规模宏大的须弥山石窟。

当我将视线突破行政区划之后，地图上赫然出现了一条沿着泾河两岸延展、至少超过一百公里，气势恢宏的佛教石窟带。

黄土地上，随着河势蜿蜒曲折，隐然闪现出一脉连绵不绝的佛光。

与这条体量巨大的石窟带相比，中国其他著名石窟群，如敦煌、麦积山、云冈、龙门，都呈现出了某种散点状。不过，一个疑问接踵而来：为何会有这么多佛教徒，不约而同聚集到泾河两岸，苦苦修行呢？

既然泾河石窟带的核心与精华都在泾川，那么，这个答案还得到泾川去找。

泾川，古称泾州，位于关中上游。距离西安仅有两百四十公里，自古便是关中门户。由于陇山、关山、秦岭阻隔，从匈奴开始，五胡十六国直至吐蕃等西部族群进攻长安，很少走今日的天水、宝鸡一线，而多从内蒙古、宁夏经泾州东下。故而顾祖禹《读史方舆纪要》如此评价此州："外阻河朔，内当陇口，襟带秦凉，拥卫畿辅，关中安定，此之系也。"

长安以西，泾州为第一冲要，泾州稳而天下定，因此自从两汉以来，历朝历代都将其视为京师最后的屏障，慎选心腹重臣镇守。

隋文帝择泾州建舍利塔、武则天敕泾州建大云寺，也可以看出这座古城对于帝国的重要意义。

除了是帝国军事重镇，泾州还是丝路要塞。

以长安为起点向西延伸，丝绸之路东段分为南、中、北三条线路，泾州正处在东段北线和中线的交汇点，从汉至唐，泾州都是丝绸之路上的关陇中心，也是西出长安的第一座大城。而海运未辟之前，包括佛教在内的中西方文化交流，基本都沿着丝路传播，也就是说，无论东来还是西去，泾川都是一大枢纽。

丝路要塞、长安以西第一大城。对古泾州的这个定位，令我想起了今天的北漂族。尊崇佛教，是从北朝到隋唐一脉相承的大环境，尤其是北魏，佛教几乎成了国教。京都所在，天下释徒自然辐辏而来，长安城内纵然佛刹再多，也难以容纳，势必有众多沙门需要在附近另寻修行之处。而作为一门来自异域的宗教，无论传法还是求经，也都需要在进京的最后一站或者西行的第一站，互相交流包括语言、旅途攻略、学习心得等在内的种种知识。此外，对于进入实修阶段的修行者，京城的环境未免过于喧嚣，也需在附近另择幽静之地。

古时候的泾州一带，植被茂密、气候温润——直到今天，泾川的绿化还是甘肃全省第一，生态环境优越，自然物产丰富，农牧业发达，素有“陇东粮仓”之誉，求取供养相对容易。除此之外，作为帝国门户，泾州素有重兵把守，社会也相对安定。而且，泾河两岸山塬横亘，都是质地松软的砂岩，用来雕琢佛像固然硬度欠佳，但开凿洞窟却是再合适不过。

种种机缘共归一处。就好比今天北京的西郊北郊、众多北漂族聚集的上地清河，一波又一波“西漂”的佛教徒，将自己的长安梦，一凿一凿铭刻在了泾川的崖壁上。

泾渭分明。

被石窟一路夹护的泾河，很容易令我联想起另一条同样由西而来，奔向长安的河流。丝路东段，南线便是沿着渭水而行。正如泾水流域的释迦石窟，渭水流域也有著名的终南草堂，被视为道家修行的圣地。

两条同样走向、甚至同样性质的河，为何走出的却是风格迥异的两种轨迹？

我为自己找到了一个答案：渭水之滨的岐山周原，是周王朝故地，文王、周公教化所在，是最正统的中华文明渊薮，道家居此根深蒂固——佛教毕竟属于外来，短时间与本土宗教不易调和，还是退避三舍另起炉灶更为自在。作为一个现实的民族，数千年来，尽管也曾有所摇摆，但儒家思想才是为政的主流。无论王旗如何更换，长安城里排在第一位的精神教父，总归还是孔老夫子。

泾河石窟，渭河草堂，泾渭一北一南，最终合流归入长安。走出这么一幅三教形势图，会不会就是隐藏在关中水系最深处的秘密呢？

叮叮当当的斧凿声中，一个丝路上最重要的佛教交汇点落地生根，并随着泾河的水流悄然扩张。从北魏到北周，从北周到隋唐，随着长安成为世界之都，泾河两岸，也成为帝国最大的道场、甚至堪称国际性的禅修中心。

禅杖驼铃。菩提流支、勒那摩提、昙摩蜜多东来，法显、智猛、宋云、惠生西去。东西方的僧人在泾州相互礼拜，在崖壁上比邻而居。

在泾河大桥上俯瞰这条凝重而流速缓慢的河流，我联想起印度的恒河。我猜测，巅峰时期，这里应该有着不亚于佛陀驻世时的盛况。每一位在此经过的大师，都会让这条河水沸腾。所有的石窟都会因为瞻仰他的仪容而灯火通明，所有的讲台都因为他的精妙开示而欢呼喜泣。

而平常的日子，这条河又会恢复修行者的宁静。每个晨昏，僧侣都会来河畔洗濯衣钵，他们彼此谦让、微笑、默不作声。但入夜之后，崖壁深处却会陆续响起诵经声，而通过石窟的自然音响效果，这些不同口音、甚至不同语言的祷祝，会混合成一股温和而有节奏的声浪，随同夜风在河谷间来回盘旋。两岸山崖上则红光万点——那是每座佛龛前燃起的灯烛——将这夹水峙立的百里峰峦，点缀得玲珑剔透，而又法相庄严，俨然一座佛祖的灵山。

不过，正如泾河石窟的低调与质朴，除了少数几位高僧，比如前秦时的竺佛念、鸠摩罗什的弟子道温，绝大多数泾河边上的修行者都没有留下名字。

令我意外的是，在这里我竟然找到了孙悟空。

唐玄宗时的泾阳人车奉朝，做过泾州的四门府别将，武艺高强，据说所使的兵器也是一根熟铁棍，重达三十六斤。

公元751年，唐玄宗遣使护送罽宾国使者返西域时，车奉朝随行。后因患重病，不能随团返回中原，便在罽宾皈依佛门。在西域游历三十多年后归国，德宗皇帝赐其法号为“悟空”。

很多学者认为，他就是《西游记》中孙行者的原型。

我又想起，同在泾河石窟带上的彬县，有一座著名石窟，自古便号称水帘洞。

还有唐僧取经缘起的龙王索命——那条被魏徵梦中斩杀的老龙，也是泾河龙王。

甚至还有“蟠桃大会”。

泾川的西王母信仰极盛。自北宋初年开始，每年王母宫都会举行极其隆重的庙会，延续至今已有一千多届。

或许外人不易理解，台湾位于东海，却也极为崇拜西王母，信众至少有数百万之多。从20世纪90年代起，这些虔诚的崇拜者便反复前来大陆，为他们的王母寻根访祖。山东泰山、新疆天山……他们几乎寻遍了所有传说中的西王母遗迹，最终认定，泾川回中山的王母宫，才是西王母的祖庙。

他们的考察得到了大量文物与文献支持，其中包括一块篆有“王母宫蟠桃大会之年”的明代残碑。

经考证这块残碑刻于1542年，而据我所知，《西游记》现存最早的版本刊行于1592年：如果不是巧合，吴承恩应该从泾川王母宫汲取过灵感。

一部伟大的西行名著，开篇却屡屡指向一条陇东的河流——如果是作者有意为之，这能否理解为千年之后，国人对这个长安西去第一城、西行求法起点的另类纪念？

只是，当取经人回转，再次路过这段河谷时，这场盛宴，却早已酒醒人散。满眼只剩凋零，就像那块残破的石碑。

“泾川有个倒吊塔，把天坠得咯巴巴，行人时常从此过，不知金塔在哪哒?”

这是一句在泾川广为流传的古老民谣。根据语意，似乎是某处隐藏了一座奇怪的倒悬宝塔。其实它说的也是一座石窟：蒋家村凤凰沟内一处偏远坡崖上的“吊吊塔石窟寺”。

事实上，正如王母宫石窟，这座石窟也属于“支提窟”。所谓支提窟，也叫塔庙窟，即在洞窟的中央设塔供信徒回旋巡礼。为了使建筑结构更牢固，通常塔顶上接窟顶，可以像柱子一样起到支撑的作用，因此被形象地称为中心塔柱。吊吊塔不过是因为下部经历水浸风化，日久消蚀，以至于上粗下细，形如倒挂罢了。

2000年7月，泾川文保人员考察吊吊塔石窟时，还能见到这一倒悬于洞中的石塔和基座四周，分数层雕刻有许多佛像，外层以泥表造形并加以彩绘，是一个十分精美的覆钵形造像塔——覆钵形塔这种特殊塔形，在我国早期佛塔中虽有记载，但之前并未见到实例。

但十余年后，当张怀群先生再次找到这座石窟时，却看到塔底被垫上了几块破砖——原来塔的下部消蚀速度越来越快，当地农民担心石塔坠落，临时采取了这种朴素的救助措施。

《西游记》中，西天路上有一个祭赛国。国内有一颗宝珠，能将整个国家映照得瑞霭霞光，疑似天府神京，受远近膜拜。可一旦被九头虫盗走，迅速变得凄云惨雾，一派衰败之相。

正如那颗宝珠，作为帝国道场，长安王气的盛衰，直接决定泾川的气象。

公元756年6月，安禄山的叛军击破潼关，五天后，唐玄宗仓皇逃出了长安。

清史家赵翼认为，唐代的安史之乱，是中华气运由西北转向东北的大变局，而玄宗的这次出逃，正是这个变局的节点，更是长安王气将尽，由盛转衰的征兆。

玄宗之后，作为唐都，长安又遭受了多次沦陷；而唐亡之后，再无一朝在此建都，逐渐夷为寻常郡县。从西周到秦汉，再到隋唐，千年古都花雨散尽，十三朝繁华，就此成为绝唱。

洛阳、开封、杭州、南京、北京……銮驾渐行渐远，黄土地上风沙渐起。

西风残照，泾渭萧条。

从北魏到隋唐，泾河石窟带进入极盛期，据不完全统计，仅泾川境内，每年至少有一万八千人在此修行。然而，安史之乱之后，佛教也因为战乱以及晚唐、五代两次灭佛运动，元气大伤。寺院毁坏，僧侣逃亡。宋元之后，虽然有所恢复，但由于丝路已经转移到海上，泾河佛窟的盛况一去不返，大量石窟开始荒废，残破。很多变成当地民众避难的场所，罗汉洞一度还成为白莲教起义的据点，至今还能在洞中看到当时留下的宣传标语。

另一方面，由于泾河两岸的山石属于砂岩，极易风化，现存佛像，大部分面目都已经开始模糊。而且风化的速度还在加速，我们在参观每一座洞窟时，脚底都能踩到厚厚一层砂。

尘归尘，土归土。无论是悲是欣，是喜是忧，诸佛菩萨的表情，都将随着飞扬的风沙，一点点消散于虚无。

还有泾河的危害。我所看到的泾河，虽然只是一股窄小而混浊的浅流，但宽阔的河床喻示着，它同样有着黄河般的暴戾。历史上泾河多次暴发严重的洪水，今天的泾川城事实上便是在明初被洪水冲垮而不得不整体迁建的。而每一次洪水，对于石窟，都是一次浩劫。根据测算，从北魏至今，泾河水位抬高了10米以上。也就是说，当年的石窟，已经有一大部分被埋入了河底的淤泥中。

1920年，人类有史以来最高强度的海原大地震，泾河流域是重灾区。

还有人为的因素。20世纪初外国探险家的偷盗以及“文革”时的打砸暂且不提。仅举一例：罗汉洞乡霍家沟口的千佛寺，东西约二里，石窟群中有石佛像千尊，故得此名。20世纪50年代修筑南灌渠，从寺中穿过，三分之一的石窟及佛像被毁；90年代，312国道改道，再次从寺中穿过，又毁掉三分之一。其中，20世纪70年代，修建泾河何家坪滚水坝时，也淹没了不少禅窟、造像窟。

参观过程中，我们发现，由于经费短缺，很多石窟还是属于原生态管理，没有任何防护，就袒露在公路边上，在车来车往中慢慢剥蚀、坍塌。

看着我在泾河大桥上感慨不已，魏馆长长叹一声说，你脚下的桥，明年也要拆了。

我记得，当年，正是在建造这座桥时，发掘出了第二批舍利石函。如此算来，不过才五十余年。

沧海桑田，正在我们眼底飞速流转。

佛家说，没有什么是长住的，所有的一切，终将毁灭，甚至包括佛陀本身，终究也要入涅槃。

我忽然又想起了终南山的道士。“吾所以有大患，为我有身；及我无身，吾有何患！”他们参悟的，最终也只是一个虚无。

泾河渭河，原来殊途同归。

血色边墙

湖南·凤凰、黄丝桥古城，腊尔山

跳岩，湘西特有的涉水方式。视水道宽窄，于河面夯筑若干岩墩以连通两岸；石墩之间留有空隙泄水，渡者须依次跳跃而过，故此得名。

如今，沱江跳岩已成为凤凰著名的景点。在凤凰的三天，那十五座一字排开的红砂石岩墩，距离我住所的阳台仅有十数米，朝夕可见。然而，直到离开，我才在无意中发现，此行探访的意象，竟然一开始便已袒露于我的眼底：

最后一眼我才意识到，跳岩那一座座方正的岩墩，横截于水面，正如某堵长墙断续的垛口。

墙与桥，其实本是一物；或通或隔，只在一念。

初到凤凰，正值傍晚。两岸密集如鱼鳞的河房，已渐次亮起灯光。这座号称“最佳艳遇地”的小城，又将迎来一个浪漫的夜晚。

我在南华大桥上俯瞰沱江。倒映在江水里的古城，安详而美丽，我甚至感觉，还多少有些类似于秦淮河的脂粉气。不过，我提醒自己，这并不是凤凰的本相。

更确切说，这已是涅槃重生的凤凰；历史上的凤凰，应该有着另一种底色，只不过，因为有意无意地淡化或者遗忘，如今已被掩盖在了灯红酒绿之下。

就像因旅游开发而消失的沱江河滩——起码目力所

及，我再也找不到一块真正意义上的河滩。

我的视线并不是随意的，而是尽量跟踪着一百多年前，那位日后成为伟大文豪的凤凰少年。

“我那时已经可以自由出门，一有机会就常常到城头上去看对河杀头”，“河滩的尸首总常常躺下四五百”，“每天必杀一百左右”。(《从文自传》)

沈从文目睹的，是辛亥革命后残酷的“杀仗”。不过，他也听说，被处死的人中，有很大一部分的罪名却是“苗人造反”。他还提到，由于要杀的人实在太多，连刑官都有些心寒了，居然让犯人们在湘西香火最盛的白帝天王神像前掷竹筊，由神灵决定生死。

念及此，再看沱江，竟已是猩红如血。

沈从文眼中的河滩，如今已是一间间霓虹闪烁的酒吧。天色渐晚，歌手们靠近话筒拨动了吉他的琴弦。

跳岩上还有很多游客嬉闹。他们不必过于担心安全，因为岩墩上已经铺了木板，并加以铁链固定，已是一座真正的桥。

资料上说，未通公路之前，这座跳岩是进出凤凰城最主要的通道，始建于1704年，也就是康熙四十三年。这个年份令我敏感，因为我记得，关于那一年，《凤凰厅志》

曾加以郑重记叙：

“康熙四十三年，苗人向化，裁去土司，置凤凰营于厅地。”

“康熙四十三年，裁五寨长官司，移辰沅靖道驻此。”

这两条记录说的是同一件事，意指那一年，湘西苗疆改土归流政策初见成效，凤凰由此真正成城，列入全国八十九道之一。

“苗疆”一词究竟始于何时，难以确定。明朝的史料中，“苗疆”二字便已频频出现；到了清代，官方文件特指的“苗疆”已有大致范围，除了湘黔楚交界地区，还包括四川凉山，云南元江、镇雄，贵州古州、镇远等等；不过，学界一般将湘鄂川黔边区的武陵山脉中段，视作苗族最重要的聚居地。

清人严如熤，仔细研究了苗疆的前世今生后，曾绘制过一张《苗疆全图》。他将沅江以西、酉水以南、辰河以北及湘黔交界以东的区域，都划入了苗疆：

凤凰，正是这个南、东、北三面环水，西面倚山的所谓苗疆中，一大重镇。

在沱江上夯筑通往凤凰城的跳岩，无疑是为了便于苗民“向化”。由此可见，跳岩，连同凤凰城的建造，印证着在湘西，朝廷对苗民实际控制力的加强以及治理方式的正常化。

然而，九十一年之后，却有数以万计的苗人，操起弓弩刀矛，跃过跳岩，怒吼着来到了凤凰城下。

夜色已浓，从凤凰北门城墙上看出去，对岸的河房依坡而建，层层递高，尽头则是一抹模糊的山林。这使我记起了在一本湘西地方志上看到的一个细节。那次苗变，曾有很多苗人登上山头，纷纷拔刀，指着山下的城池，厉声高呼：

"问你太爷们，我苗子来告状还要规矩钱八千八百否?"

夜幕下的远山，隐在灯火不及之处，黝黑而静谧，似乎还在散发着销磨未尽的杀气。

此次苗变，爆发于1795年，时值乾隆、嘉庆之交，史称"乾嘉苗民起义"。起义经过周密策划，松桃、永绥、凤凰、乾州四厅苗寨同时发难，湘西、黔东北甚至川东南一带诸苗纷起响应，参与苗民总计在十万以上，朝野为之大震。乾隆气急败坏，先后以心腹大将福康安、和琳挂帅，急调七省十八万大军镇压。

从酝酿到被扑灭，起义一共坚持了两年半，双方都付出了巨大代价。被杀的苗民超过万人，焚毁的苗寨，则在三百座以上；杀戮之惨连清军统帅福康安都心存不安，上密折请求朝廷及时收兵，为苗族留点血脉。

而在朝廷方面，战事波及十三个厅县，击毙总兵、参将、游击等高中级将领二百二十余名，福康安与和琳也相继病逝军中；所耗军费总计不少于白银两千万两，重创了帝国的元气，甚至有学者将此役视作清王朝由盛转衰的节点。

尽管惨烈，但这也是一场缺少悬念的战争。实际上，开战之初，胜负即已判定。且不提装备与给养的悬殊，整个苗疆的苗民满打满算都还不如进剿的官军人数之众。随着战事日益明朗，有责任心的官员们开始将眼光投向了战后的焦土。时任湖南巡抚姜晟幕僚的严如熤——十多年后他被嘉庆皇帝评定为“天下第一知府”——就是其中一位。

严如熤是湖南溆浦人，相比福康安、和琳等北方大员，对苗疆有更深入的了解。通过幕主姜晟，他向朝廷谨慎地递交了一份《平苗善后事宜议》。

在那份战后被朝廷奉为治苗圭臬的奏议上，严如熤提醒朝廷，重新记起了一道坍塌多年的城墙。

那道城墙有如一条神龙，见首不见尾。它在明代问世，但《明史》《明实录》等正史均未存任何记录，只在几份湘西地方官的奏议中有过片言只语的提及；入清之后，各种史籍对其也是语焉不详，加之遗迹留存极少，几乎成了一道只存在于传说中的神秘城墙。直到21世纪初，古建筑学家罗哲文教授来凤凰调研时，经过实地考察，才将这道城墙从史书的幽暗角落重新拉回到现实世界。

据陪同者回忆，面对那堵城墙时，七十七岁的罗教授激动不已；他认为，这就是他苦苦寻觅了五十多年的“南方长城”的一截遗骨。

来湘西的第二天，我也站在了这截遗骨之前。

出凤凰古城，西行大约十八公里处，永兴坪村，一处并不很高峻的山腰。

罗哲文教授所称的“南方长城”，目前已经能够勾勒出大致轮廓。

这道墙初建于明朝嘉靖年间，当时只有七十余里，万历、天启年间曾两次大规模扩筑，南起凤凰与铜仁交界的王会营，北至吉首的喜鹊营，全长约一百九十公里，其中大部分在凤凰县境内贯穿而过。

“南方长城”只是罗哲文之后的说法，历史上，这道墙更多被称为“边墙”，起着分隔“生苗”与“熟苗”的作用：以此墙为界，熟苗随汉人、土家族人居东南，生苗限居西北，“苗不出境、汉不入峒”。

“生苗”“熟苗”云云，是从统治者的角度对苗民进行的粗暴划分。一般来说，以其是否入籍、是否承担赋税徭役为标准。被划归“生苗”的，大抵被视为不服官府管辖的“化外之民”。如严如熤《苗防备览》云：“边墙以外则为生苗，最凶悍；边墙以内者，间有民村错居，供赋当差，与内地人民无异，被称为熟苗。”

朝廷对“生苗”的戒备可以理解。乾嘉苗民起义，并不是唯一。乾隆本《凤凰厅志》，曾对湘西苗疆历史上的“叛”“寇”事件进行过统计：从东汉到南宋，成气候的起义有十五次之多；而有明一朝三百来年，小型骚动不算，大规模苗乱就发生了三十多起，故而有苗疆“十年一小乱，六十年一大乱”之说。

毫无疑问，对于紫禁城，苗疆始终是一枚不知何时爆发的炸弹；更令人头疼的是，这枚炸弹深埋于腹地，纵然想下痛手，也投鼠忌器。边墙，正是这种情形下无奈的产物：将潜在的祸害统统赶入深山，关起城门图个清静。

根据记载，为了修筑这道墙，明政府下了血本，仅万历四十三年一次，便耗费白银四万有余——万历皇帝的贪财是史上著名的，可在湘西发来申请拨款的报告上，他却咬咬牙盖上了御玺。

不过我在永兴坪所看到的边墙，应该与他无关。

因为我看到的是石墙，而根据史料推测，明朝修建的却基本是土墙。

事实上，万历在湘西的大手笔，早就随着明王朝的倾覆，湮没在了历史的云烟深处。在改朝换代的战乱中，“寇敌苗叛，土墙踏为平地”(《湖南通志·关隘》)。

严如熤善后报告的核心，就是建议在榛莽丛中，再次竖立起这道已被“踏为平地”的边墙。

“南方长城”，如今已被开发成了景区。不过，真正属于遗迹的，只有一百多米残墙和一个破败的碉堡。墙体和碉堡都是当地出产的青石垒砌而成，并未经过细致的打磨，粗砺而斑驳，加之多年风雨侵袭，更显沧桑之色。

这段边墙应该是清政府在平定乾嘉苗变之后修筑的，具体主持者是因随福康安征苗有功而被任命为凤凰厅同知的傅鼐。傅鼐很推崇严如熤的方案，用三年时间重修了边墙。

尽管只是重修，但工程难度并不亚于明朝时的初建。首先是经验匮乏，明边墙“旧址已残塌，所存废者，百不一二焉”，缺少参照物；其次是修墙过程始终受到骚扰：“苗以死力来攻，且战且修，阅三年而碉堡成。”

还需指出的是，边墙不仅是一道单独的墙体，而且是一个完整而严密的军事防御系统。明边墙沿途建有八百多座哨台、炮台、碉卡、关门，常驻有四千到五千的军队，最多时还曾增到七千。而傅鼐重修的边墙，更是大规模修筑了配套的军事工程：于其所辖的三厅（乾州厅、凤凰厅、永绥厅）境内，总计设立碉堡哨卡、汛营等设施一千三百多座——永兴坪残存的边墙，守护的便是一处占地四千平方米、名叫“全石营”的营盘。

在坍塌将近一个半世纪之后，嘉庆五年，又有一道愈发坚固的边墙，将帝国西南腹地的千里苗疆一分为二。

透过残墙上的枪眼，我尝试着以当年守营士兵的视角，观察墙外所谓的生苗地界，不料却看到了一片随风摇曳的绿色——有株倒垂的不知名野藤，用心形的叶片轻轻遮住了曾经送去无数死亡的古老孔隙。

喟然长叹，走上墙头抚石远望。视线所及，仍只是郁郁葱葱。

墙里墙外，原本是同一脉青山。

离开永兴坪，我继续西行。

残墙虽已不多，但当年傅鼐的布置，依然有迹可循——其实只需打开一份地图，便能重新感受当年的壁垒森严：

直到今天，湘西一带很多地名还以关、营、堡、哨、卡，甚至炮台来命名，行走其间，几乎令人疑惑进入了某处凝固多年的战场。

全石营西侧，又有一座紧邻的营盘——拉豪。由永兴坪到拉豪，步行大约二十分钟。途中，我想起了严如熤在《苗防备览》中对傅鼐修墙工程的记载：

“同知傅鼐练乡勇团壮丁，驱逐痞苗，清复一处，即筑屯一区，拨丁壮给兵器屯守；于要隘筑卡捍击。”

毫无疑问，全石营与拉豪营，当年便是如此以武力推进、次第建成的，而边墙，也以此形式一截截延伸。

关于“屯”，严如熤还有过详细的描述：

“屯制因地制宜，宽数十丈，长十数丈、二三丈不等。屯身用毛石砌脚，二三尺加封土砖，二层高四五尺，上筑排墙一道，旁开枪眼，备瞭望、施放火器之用。约容屯壮丁数十人，牲牛籽种亦储积其间。”

“屯身用毛石砌脚”，在拉豪得到了实物的验证：尽管营墙早已荡然无存，但整座营盘，所有屋舍俱以薄青石板叠砌而成，拉豪营盘也因此被称为“石板寨”。

与全石营彻底荒芜于山野不同，拉豪至今还有居民生活于其中。他们应该是当时守屯兵士或者壮丁的后代，但看上去神情拘谨而恬淡，再也找不出丝毫从前的剽悍。这座曾经戒备森严的营盘，已然成为一处寻常而纯粹的民居村落。

徜徉营寨时，我忽然发现，修复的营门门额上，所刻的竟是“乐豪营”三字。这也使我记起了在永兴坪全石营曾经见过的一把巨型刀。那把刀长达八米，重逾三千斤，横架在营房遗址前的空地上。据说建营之初，守营清军多有身体不适，怀疑中了苗人蛊毒；守将为防军心涣散，便依照传说中关公的青龙偃月刀，铸此巨刀镇营，防御湘西巫术。

关公，汉人最崇拜的武神，一身凝聚了儒家忠勇节义诸多美德；而将“拉豪”转而写作“乐豪”，一字之差，意境迥然，将由当地土语音译而来的地名向一个规范的汉地地名迈进了一大步。

关刀与巫蛊，“乐豪”与“拉豪”，都在提醒我，边墙，同时也是汉苗两种文化碰撞与对峙之墙。

这种印象在我继续西行，来到黄丝桥古城后，有了更为清晰的认识。

黄丝桥古城位于凤凰县城正西二十四公里处，古称渭阳城，始建于唐垂拱年间，至今已有一千三百多年历史，是我国保存最完整的石建古城之一。开有城门三个及大小箭垛三百个，墙上的走道宽2.4米，可以跑马。砌城石料每块均有一两吨重，石面平整，工艺比永兴坪的边墙考究得多。

我所见到的黄丝桥古城，残破而萧条，几乎没有游客，与凤凰相比，尤其显得寂寞。不过，至少有一千多年间，渭阳城是此处最高级别的城池，而如今红得发紫的凤凰城，不过是其辖下的一处军寨。

在古城城楼，我遇到了一位老人。这位名叫滕树宝的老先生，就住在城楼下，是古城文化的热忱整理者，从他那里，我得知了许多有关古城的信息。比如，现存的古城是嘉庆四年重修的（这个年份符合傅鼐修建边墙的时间），之前本是土城；古城西侧，原有一条联通湘黔的官道；黄丝桥本名王氏桥，以讹传讹才变成了现在的名字。

而他说得最多的，却是武则天、乾隆两位皇帝。按照他的说法，武则天在这里居住了十四年，乾隆则在此见到了自己的生父。为了证明所言确凿，他告诉我，古城内有一座武则天下令建造的御花园——“紫禁园”。

武则天、乾隆与此城的关系，从任何一部正史都找不到相关记录，似乎经不起推敲。不过，我并无意深入考证，真正令我感兴趣的是：一座僻远的苗疆小城，竟然会如此强调与万里之外京城的联系，甚至将一处名不见经传的园林不无僭越地命名为“紫禁园”。

依照我的理解，黄丝桥的帝皇传说，也类似于关刀与“乐豪”，同样是一种文化上的自我暗示，抑或说，是一种文化界桩的夯筑，时刻警醒城墙两侧的人民，不可随意逾越，更不可忘却自己的身份。

至于为什么选中武则天与乾隆，除了这两位都是古城建造历史上关键年代的英主，我想还有另一个原因：

黄丝桥城形势特殊，重要性远远超过拉豪和永兴坪，绝非改一个字，或者铸造一把想象中的关刀所能镇压，只能由皇帝亲自出马。

“乾嘉苗变，这座城池打了很多恶战，连福康安都死在了这里。”轻轻拍打着长满苔藓的墙砖，滕树宝老先生目光悠远而苍凉。

与武则天与乾隆的传说一样，福康安丧命于黄丝桥同样史据不足。不过，在整个边墙系统中，黄丝桥城的意义确实非同一般。如果将整道边墙比作一条铁链，那么黄丝桥就是固定这道铁链的几枚最大铁钉之一，并且是最前沿的一枚。

一百九十公里苗疆边墙，先是径直北上，再东折，再斜行北上；黄丝桥，坐落于边墙由北上转为东折的犄角处，是最西侧的据点。从地图上看，整道边墙大致呈一条倒弓形的弧线，黄丝桥则是这条弧线南部最坚固的一把钳子，与其他大小堡垒遥相呼应，共同将西北广袤的山地拦截在外。

这块山地，有个与拉豪那样由苗语音译而来的名字：腊尔。

在明清地方官的奏折上，腊尔是一处极其不祥的地名，就像《西游记》中十万天兵天将围剿的花果山。

从元代开始，政府对苗疆的控制度日益加强。先是设立土司，通过土司治理苗民；时机成熟后，再以正式朝廷官员代替土司，即所谓"改土归流"。入明之后，大部分苗疆都已经在朝廷统治之下，不过，自明中叶开始，直到清初，却有两块区域的苗人，通过长期抗争，驱逐土司与流官，争取到了事实上的独立。

这两块脱离政府管辖的区域，一块是黔东南的雷公山，另一块便是腊尔山。

腊尔山，位于凤凰西北，距县治八十五里，是云贵高原的延伸部分；平均海拔800米左右，主峰海拔则达到1117米。但史书上所称的腊尔山，并不限于这座山峰，包括的范围要大得多，方圆有一千数百里，人口数十万。

腊尔山疆域广阔，其地西通黔贵，北连川鄂，一旦生事，三省苗民群起响应，故在明清数次苗变中，始终是官军进剿的重中之重。然而由于腊尔山地形复杂，官府一直很难讨到多少便宜——实际上，明朝边墙的修筑，正是朝廷手段用尽之后的无奈之举。所谓的“南方长城”，抑或“苗疆万里墙”，听起来威风凛凛，可实质只是朝廷正式放弃对腊尔山地区统治的标志。

边墙圈起的，是一个王朝的隐疾：金光闪耀的帝国版图上，雷公山与腊尔山，就像隐藏在锦绣纹中两个不易被察觉的黑洞，常年乌云笼罩、虎啸狼嚎。

如今的腊尔山，已设置为凤凰辖下的一个集镇。从县城到腊尔山镇，不过三十多公里，中巴车却要开一个半小时。

我是从长沙经吉首转车到凤凰的，从东到西横穿了大半个湖南。感觉越往西行，公路两旁山便越高，林便越密。

这种感觉在从凤凰到腊尔山镇的旅途中重现了。似乎永远盘旋向上的山路，时刻提醒我，如果说湘西已是湖南的山区，那么腊尔山无疑是山区中的山区。

途中我打开了地图，想对照实地，仔细探究一番这块被视为生苗大本营的神秘山地。图中的许多地名，顿时如同一支支穿越时空的箭镞，带着蛮荒的气息迎面射来：猪槽坑、鬼塘、狗脑坪、猴子坨、吃血坳。

我还发现某处河滩被标注为“火烧滩”，而另一处相距不远的村落，更是赫然被命名为“流血”。

车经山江镇时，我又看到了“总兵营大道”的路名。

“流血”“火烧”“总兵营”。这些至今保留的名称，无疑承载着某段不堪回首的残酷杀戮史，从侧面印证了我看过的那些资料：

> 嘉靖二十八年，腊尔山苗龙许保起义，朝廷发布赏格，凡生擒苗人一名，赏银五两，杀一苗人，赏银三两。
>
> ——光绪《永绥厅志·剿抚》

乾隆六十年，福康安奏报松桃苗人造反，乾隆朱批：

“可恨之极，必当尽行诛剿方解恨！”

类似的朱批，在当时的战报上随处可见：

乾隆六十年十二月擒头坡之战，“枭获首级二百余颗（朱批：快意），遂分兵搜剿，立将骡马峒、坡脚山及附近之两岔河、川峒、白果窑、五里碑等处各大山梁全行夺据，共计焚毁苗寨三百余户（朱批：快极）”。

官军大进之时，清军将领向朝廷请示对乞降苗人的处置方法：“旋见无数贼苗，长跪石城内高埠处所，喊称情愿投降，恳求饶命。其中老幼男女，俱俯伏叩头，痛哭呼号……”乾隆批示：“此等苗众，曾经肆虐，究防其中怀叵测。现因大军到彼，畏惧乞降，及窥见我军虚实，或又反侧生心”，故“不准苗众投降甚为得当。”据此，兵锋所到，不分男女老幼，不分是否投降，一概杀戮殆尽。

批示这些奏折时，乾隆已是八十五岁高龄。这位自诩为“十全老人”的太上皇帝，刚刚举办完一场盛况空前的“千叟宴”。

令一位本该慈眉善目的老人如此大动杀机，可见苗人的“叛乱”，给紫禁城所带来的懊恼究竟有多么严重。

直到去世，乾隆也想不明白苗人为何要与他作对——他自以为对苗人已经足够宽容，尽可能地做到了轻徭薄赋，而且一再申明“永不加赋”，连苗人自己的土司收得都比他的朝廷多：“较土司陋规十不及一，民皆欢欣乐输。”（《永顺县志·食货志》）。但最终，他也只能像绝大多数汉人那样，把苗乱的原因归结于苗人与生俱来、不可化解的禽兽之性。

苗人为何屡屡“叛乱”，历代官员或者学者，常为之莫名其妙。

《凤凰厅志》记载了从东汉到南宋的十五次大型起义，但有明确原因的只有两次，仅从书面资料上看，大多数都是无缘无故的“反叛”或者“寇边”。

乾嘉苗人起义也是一样。很多研究者将这一大事变的起因归结于所谓“勾补事件”。勾补，是腊尔山生苗区的一个苗寨。乾隆五十二年，一位过路的汉人在这里被打劫，官府命令勾补寨的首领石满宜到官接受调查，石拒绝前往，并筹划抵抗；官军因此进剿，用兵一日即将勾补荡平，“伤毙苗匪四十五名口，生擒首从各犯一百三十余”，石满宜被捕，凌迟处死，同党二十余人斩首。

以一桩普通的抢劫案而杀戮这么多人命，此案在苗疆造成了相当恶劣的影响。不过，若要以此为由发动乾嘉起义，其实相当牵强，因为勾补事件发生于1787年，比苗变足足早了八年。

最直接的否定证据是，起事之初，苗民打出的口号就是“逐客民，复故地”，而无一字提及勾补，提及石满宜。

其实不必苦心积虑地从故纸堆中寻找勾补一类的旧怨，“逐客民，复故地”六字，已经足以说明一切。

很多时候，由于现象太明显、太寻常，往往反而被大多数人忽视，就像车窗外时不时一闪而过的几幢看起来很有些年头、独立建造的土房。

“逐客民，复故地”，一个“客”字与一个“故”字，点明了改土归流后，苗民所受到的生存压力。

客观地说，对于总人口数一直在二十万以内的苗人，湘西苗疆本来算是比较开阔的，然而，这个疆域却在不断缩小。明朝开始，朝廷先是驻军，继而开屯，步步为营向苗区推进；同时，为了巩固苗疆边防，朝廷还以免租、赐爵等政策鼓励各地百姓前来各哨所开垦屯田。如此军队与汉民交替深入，苗人，尤其是生苗活动的区域日渐萎缩。

我在去腊尔山途中所见到的土房，外观很像是闽赣一带的客家建法。闽赣粤之外，湘川也是传统的客家聚居地，可以推测，坚韧的客家人，也已经把足迹踏进了腊尔山区。当然，“逐客民”的“客”，并不特指客家人，而是泛指一切苗人以外的汉人，甚至包括已经汉化的土家族人。

农耕时代，“客”的繁衍，势必建立在当地居民，即苗人的清退之上。这个清退过程并不是和平的，而是伴随着官府的蛮横驱逐。多年以后，学者魏源反思乾嘉苗变，沉痛指出：“初，永绥厅悬苗巢中，环城外寸地皆苗；不数十年，尽占为民地。兽穷则啮，于是奸苗倡言‘逐客民，复故地’，而群寨争杀百户响应矣。”

尽管魏源依然以大汉族主义称苗人为“奸”为“兽”，但他却点破了这样一个事实：在客的逼迫下，苗人已经无路可退，如同一群被逼到绝境的野兽。

如果放宽历史的视线，苗人其实已经退了几千年。

长期以来，汉人视苗人为蛮族，实际上苗族的开化并不比汉人晚。苗族的族属渊源和远古的“九黎”“三苗”有着密切关系。“九黎”以蚩尤为首领，原本生活在黄河流域，也创造了相当发达的文明，只是之后炎帝与黄帝部落崛起，九黎落败，被赶到黄河以南以及长江中下游一带；之后重新形成的部落联盟“三苗”，也被尧舜禹相继驱逐，再次被迫迁徙。类似的驱逐与迁徙，在之后的几千年中反复重演，最终，苗民们被驱赶到了湘黔川滇的穷山僻壤。

一部苗族史，可以说就是一部饱含血泪的迁徙史。苗族没有文字，但他们将祖祖辈辈为了生存而流浪的辛酸编成了歌谣，代代传唱：

“日月向西走，山河向东行，我们的祖先啊，顺着日落的方向走，跋山涉水来西方。”

“西方万重山，山峰顶着天，好地方就在山那边，好生活就在山那边。”

可山那边果真有好生活吗？

“叶菁黑漆漆，老林深惨惨，豹子老虎满山窜，毒蛇恶虫到处爬。”

但即便是这样充满着死亡和黑雾的蛮荒山林，如今也响起了枪声。

悬崖边缘，苗人的愤怒在沉默中积累着，就像地火在大地深处无声无息地流动，腊尔山上空雷声隐隐、乌云密布……

1795年，苗疆空气中的硫黄浓度，终于达到了饱和。

乌巢河，沱江上游一条以叛逆著称的河流，如今架起了一座长达241米的大拱桥，大桥的主拱净跨120米，为世界之最，号称“天下第一大石桥”。

就像把守密境的最后一道关卡，过了乌巢河大桥，腊尔山镇就到了。

我来腊尔山是为了赶一场集会，一场以苗民为主体的贸易集会。凤凰城乡以农历定集，比如腊尔山镇逢“七”开集，而今天适逢农历十七。

我没有探究腊尔山逢“七”开集的风俗是什么时候形成的，不过我知道，这个集市对于腊尔山，具有极其特殊的意义。明清两朝，对于苗汉之间的商业往来，控制得相当严格。比如雍正五年，湖广总督胡敏便三令五申：“苗人至民地贸易请与苗疆边界之地设立市场，一月以三日为期，相互交易，不得越界出入”，“湖南地方苗人往苗土贸易者，令将所置何物，行予何人，运往何处，预报地方官；该地方官给予印照，注明姓名，知会塘汛，验照放行，不得夹带违禁之物”。

对于一个不出产盐和铁的地区，贸易的重要性可想而知，甚至说事关生存也不为过——乾嘉苗变时，便有大臣提议，断绝苗疆贸易，以困死叛苗；意外的是，这回乾隆却明确批示：“剿苗”与“民苗贸易”是两码事，绝不能混为一谈。

或许此时的乾隆已经平息了暴怒，因而重新表现出了政治家的风度；与明朝相比，清朝皇帝的对苗政策，毕竟要高明得多。

平心而论，从康熙、雍正到乾隆，清政府一直在探索着治理苗疆的方法。比如，苗汉贸易之外，从一项苗汉间的婚姻政策中也能看出清廷的努力。雍正五年禁止苗汉通婚，乾隆二十五年鼓励苗汉通婚，乾隆二十九年重禁苗汉通婚，虽则反复无常，倒也处心积虑不断调整。

乾嘉苗变，痛定思痛，清廷终于给出了终极方案。吊诡的是，这个代价惨重的方案，依然还是如前朝那样筑一堵墙。

从明到清，从一堵墙到一堵墙，看似一个轮回，实际上，两堵墙的功能完全不同：于明而言，筑墙单纯是为了将生苗拦截在外，而清朝的情况则要复杂得多。

一言以概之，严如熤与傅鼐等人设计的边墙，对苗民与其说是排斥，不如说是保护。嘉庆元年的《苗疆善后章程六条》，第一条就是“苗疆田亩必应厘清界址，毋许汉民侵占，以杜争竞也”。而这个界址，就由边墙划定，汉民一共退还了墙外的苗民田地三万五千余亩。

当一堵墙，以庇护者的面目出现时，所有的青石都散发出了温暖的善意。

应该说，傅鼐本人，也是这道长墙的一部分，甚至是决定这道墙性质的核心。

每块墙砖的朝向其实已被彻底扭转：傅鼐治苗期间，告诫官员及兵民以墙为界，不得擅入苗寨，欺凌苗人。

在以墙安苗的基础上，傅鼐“兴利除弊，建碉堡千有余所，屯田十二万余亩，收恤难民十余万户，练兵八千人，收缴苗寨兵器四万余件；又多方化导，设书院六，义学百”。

从前是“苗子来告状还要规矩钱八千八百”，如今傅鼐在衙门口挂了一个木匣，“诉者投牒其中，夜出阅之，黎明起视事，剖决立尽。兵民白事，直至榻前”。

从傅鼐身上，曾经激烈阻挠筑墙工程的苗民终于看到了朝廷的诚意：嘉庆四年，连乾州厅与泸溪县的苗汉百姓都跑到凤凰，请求傅鼐帮他们修筑屯堡边墙，并立下契书，将来情愿将粮食收成的一半捐出来做军费。

1809年，傅鼐擢升湖南按察使，离任之日，无数苗民跪泣挽留。傅鼐对苗疆十余年的治理至关重要：不仅完善了边墙系统，也为继任者提供了丰富经验。从嘉庆十年到清王朝覆灭，一百多年间，除一些小摩擦，苗疆再无大的冲突。

随着内外两侧的对立日趋和缓，边墙的存在逐渐失去了意义……

终于有一天，肆长的野草，蔓过了这道年久失修的长墙。

盗版碟片，卫星天线，丝袜，剃须刀，塑料玩具，红富士苹果，公牛插座……

腊尔山镇的集市，与我在其他地方看到的，并没有太大不同。

赶集的人们，面色宁静，举动平和，斗笠背篓苗服的，大都是上了年纪的老人；而年轻人，仅凭服饰，已无法分辨哪些属于苗族，哪些属于汉族。

看着一张张已经不再具有明显民族烙印的脸，我忽然想起了一支部队：抗日战争时的筸军。

这支军队因凤凰的古称"镇筸"而得名。由于官兵都是凤凰籍，常被讥讽为"土蛮悍苗"，待遇差，装备劣。但面对入侵的强敌，他们却以血肉之躯抵挡着一轮轮炮火；而家乡父老明知每场战役都会有巨大的牺牲，还是在城门口挂起"筸军出征，中国不亡"的横幅，源源不断地向战场输送着凤凰子弟。

在腊尔山，我的思绪从一道长城，转向了另一道长城——这两堵墙之间，究竟相隔着多少距离？

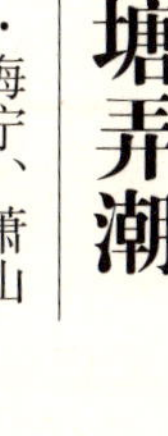

钱塘弄潮

浙江·海宁、萧山

一只网兜，一双赤脚。浙江海宁与萧山一带的钱塘江口滩涂地区，曾经有过一种堪称与死神对舞的危险营生，“抢潮头鱼”。

潮汛时节，江上的潮水来时，捕鱼人扛着网兜跑在潮头前面，看到有鱼被潮水卷来，就转身跃入潮中，用网兜捞到鱼后，马上跳出潮头，继续奔跑。

传统的抢鱼人都是赤身裸体、一丝不挂的，即便是寒冬腊月。因为衣裤浸水后会紧缚身体，而任何细微的停滞，都可能带来灭顶之灾。

用虎口夺食来形容这群抢鱼人，没有丝毫夸张。用老渔民的话说，每一次跳进潮中抢鱼，都得豁出命去。事实上，也几乎每年都有人为此丧生。

因为，与他们赛跑的，是与印度恒河潮、巴西亚马孙潮并列为“世界三大涌潮”的钱塘潮。

“浙江之潮，天下之伟观也。自既望以至十八日为最盛。方其远出海门，仅如银线，既而渐进，则玉城雪岭，际天而来，大声如雷霆，震撼激射，吞天沃日，势极雄豪。”

在《武林旧事》中，南宋遗民周密如此描述钱塘江潮。

钱塘江河口就像一个巨大的喇叭，外口大、内口小。入海口的江面宽度将近一百公里，但越往上就越往里收缩，到海宁一带，最窄处竟然只有五里。而与此同时，它的河床也急剧抬高，导致容量突然变小。涨潮时，大量海水涌入缩小至十分之一的河道，前阻后推内挤外灌，因此形成了天下奇观“钱江潮”。

观赏钱塘江潮水的习俗，始于魏晋，兴于唐，到了两宋，已成为一大民俗。

由于潮汐作用，每月初一、十五钱塘江都有大潮，尤其是农历八月十六日至十八日，太阳、月球、地球几乎在一条直线上，所以这几天海水受到的引潮力最大，潮峰最高，潮水也最猛。故而八月十八被附会成潮神的生日，唐宋以来，每逢这天，杭州人都会倾城而出观潮，形成了盛大的“潮会”。北宋诗人潘阆有一首《酒泉子》，对当时近乎疯狂的“弄潮”与“观潮”有过如此生动的描述：

“长忆观潮，满郭人争江上望。来疑沧海尽成空，万面鼓声中。弄潮儿向涛头立，手把红旗旗不湿。别来几向梦中看，梦觉尚心寒。”

不过，随着海平面下降，钱塘江的河口不断下移。两宋时期，钱塘江观潮，还以杭州的凤凰山、江干一带为最佳处，明代之后，观潮第一胜地已经东移五十余公里，改到了今天海宁市东南的盐官镇。

据说，这座钱塘江畔的小镇封藏了清宫最大的秘密。

盐官始建于西汉。两千多年的历史，令盐官人文荟萃，底蕴深厚。不过，与别的江南古镇不同，盐官的众多古迹中，常有大违常格的皇家气派。

虽然遭过太平军的兵燹，但盐官海神庙还是令我叹为观止。说是一座庙，却全部都是宫殿式建筑，主殿甚至仿照清宫太和殿，气势之雄、规格之高，在江南独一无二，故而有“银銮殿”与“江南紫禁城”之称。

令人诧异的是，这座不无僭越之嫌的庙宫，居然是雍正皇帝亲自下旨敕建的。

在盐官时，我还特意去看了安澜园的遗址。虽然我所见到的，只是一段残缺的曲桥，几潭荒芜的池沼，但我知道，它曾经与苏州狮子林齐名，为江南四大名园之一，它的园名甚至为乾隆皇帝亲笔题写。

乾隆六下江南，四次来到海宁，全都驻跸于此。

雍正与乾隆，这两代帝王对于盐官这座偏处东南的小镇的眷顾，似乎都远远超出了正常范围。因此，野史与民间传说中，逐渐将盐官与清宫的两大疑案，即雍正夺位之谜、乾隆身世之谜联系起来。海神庙，被解释成雍正为了安抚在争皇位时被自己谋害的兄弟冤魂而建。乾隆，则干脆被说成是海宁陈阁老的儿子，被雍正以女易男换入宫中，做了皇帝之后，他频频南巡，其实是来探望故乡。

种种解释真伪莫辨，或许难以驯服的大潮，才是所有疑问的终极答案。

“初一日夜大雨不息，至初二日未时，潮头已过之机，潮水渐长，又夹东南风之势，几与塘平……仰赖皇上洪福，初二日申时风势忽转西北，潮水随即渐消，所有漏洞之虞俱已堵筑，可以无虞。”

雍正七年，即1729年，农历九月十三、十四日，紫禁城中的雍正皇帝，连续接到了浙江总督和巡抚的奏报。他们向朝廷报告，今年钱塘江的第三次大潮，有惊无险，秋汛高峰终于安然度过，浙江的海塘算是保住了。

读完奏报，欣慰之余，雍正也感到了一种巨大的疲惫。作为一年中海潮最凶猛的季节，忐忑不安地等待浙江省的奏报，几乎是他每年秋天最重要的政务。尤其是这年，属于闰七月，更是拉长了这个令他提心吊胆的多事之秋。

就在当年八月二十三日，传说中八月十八潮神生日的五天之后，雍正皇帝下旨，在浙江海宁建造一座祭祀海神的庙宇，并为此特意拨发了内帑白银十万两。

雍正皇帝建造这座庙，与其说是安抚兄弟的冤魂，不如说是用来安抚一段潮水。

抑或说，在海宁楔入一枚定海神针。

“一线潮”“十字潮”“回头潮”“冲天潮”……时至今日，海宁已经形成了独特的“潮文化”。不过，带来“壮观天下无”的雄浑景色的同时，钱塘江也曾经给这座江南古城带来过巨大的危机。

如果说观赏钱塘江潮的最佳胜地是海宁盐官，那么盐官最佳的观潮地，便是一座名为“占鳌”的古塔。

占鳌塔始建于宋，重建于明，至今已有380多年历史。六边七层，砖身木楼，通高四十余米，飞檐围廊，戗角垂铃，铜顶吊链，极为壮丽。据说在所有的浙江沿海古塔中最为精致。

占鳌塔的东西两侧，各有一只面江而坐的铁牛。这其实是一对复制品。雍正乾隆两朝，朝廷先后铸造了十六头这样的铁牛，分置于海宁沿江。

我是黄昏时分来到盐官的钱塘江堤的。四月的江风、夕阳，江堤上散步的老人、情侣和嬉笑的孩子，看起来一切都那么安宁与祥和。但我知道，就在眼前缓缓流淌、闪着金鳞的江水深处，隐藏着一股极其暴戾的力量。

据史料记载，每头铁牛，重量都有三千多斤。然而，有一年秋汛，大潮不仅冲上高出江面八米多的塘堤，还将其中一头铁牛冲到了十米之外。

据测算，钱塘江的强涌潮，最高潮位可达9.6米，最高速度每秒12米，瞬间冲击力更是高达每平方米7至10吨。

这股力量一旦突破塘堤的约束，便意味着一场可怕的潮灾降临。

潮灾，自古就是我国东南沿海地区的一大祸害。尤其是大潮汛又值台风季，潮借风势，风助潮威，很容易出现强烈的风暴潮。一旦海塘溃决，田园顿成泽国，人畜尽为鱼鳖。即便侥幸逃脱，潮退之后，被海水浸泡过的田地至少数年不能耕种，满目荒残，惨不忍睹。

早在三国时，史籍中便有了钱塘江涌潮为灾的记载，如魏太和二年，绍兴府“大风海溢”，海宁“平地水八尺”。

唐大历十年七月，杭州“海水翻潮，飘荡州廓五千余家，船千余只，全家陷溺者百余户，死者四百余人”。

明成化八年七月，狂风大作，江海横溢，钱塘江北岸从杭州至平湖，“城郭多颓，庐舍漂流，人畜溺死”。海盐平地水丈余，“溺死男女万余人”。

根据文献记载，从唐武德六年（623）直至1949年的1300余年间，海宁有史可稽的重大潮灾共183次，平均

7.3年就发生一次。有学者粗略统计，截至1949年，直接因钱塘江潮灾而死亡的人数至少有九十万，仅崇祯元年七月，便溺死八万人。

由于河口下移，喇叭内外口悬殊日甚，入清之后，钱塘潮灾越来越频繁，雍正皇帝在位十三年，更是年年有潮灾。尤其是雍正二年的7月18日、19日，海宁还暴发了一次被称为“海啸”的大潮灾，海塘冲决，民庐倒塌，海水涌进堤内将近十里，溺死人畜无数。

灾难本身，便已是触目惊心。不过，对于紫禁城，钱塘江潮灾的严重性，还要被无数倍放大。

某种程度上，钱塘潮撼动的，不仅仅是海宁一邑，而是整个帝国的根本。

海宁的市政府所在是硖石镇，距离盐官大概二十分钟车程。晚八点，我们赶上了老街南关厢的一场皮影戏。

南宋初年从北方传入的皮影戏，如今已经是海宁的第一剧种，并在2011年入选了世界人类非物质文化遗产名录。

清嘉庆年间，河北一带兴起白莲教，其中有艺人借助皮影聚众参加，清廷称其为“悬灯匪”，下令全国范围禁止皮影演出。这一禁令在北方得到了坚决执行，但在海宁，地方官员却只能睁一只眼闭一只眼。

皮影戏，在海宁有一个别名叫“蚕花戏”。得名由来，是每年开始养蚕前，为了祈求蚕茧丰收，家家户户都要请皮影戏班来蚕房演出，这已经成了海宁根深蒂固的民俗，甚至被赋予了神秘的意义。

“戏台搭在蚕房里，对面燃香点烛，用两张八仙桌摆三牲祭品供奉蚕花娘娘。演出结束后，艺人揭下戏幕纸，交给东家，并高声祝祷‘蚕花廿四分，金玉满堂’；东家用它包蚕种，就会大丰收。演戏点灯的灯芯，则由艺人分赠蚕农置于蚕室，据说可保蚕事顺利。”（海宁皮影戏老艺人口述实录）

唐宋以来，海宁一带，就已经是江南最重要的蚕桑基地。而蚕桑业的发达，也意味着这片区域农业的兴盛。

从唐中叶开始，紫禁城便已经越来越依赖于江南的稻米与丝棉。尤其是明清之后，江浙已经承担了整个帝国一半以上的漕粮，而江浙赋粮又主要出自钱塘江北岸的杭嘉湖平原，直至太湖流域的苏松常等地。

然而，这座帝国最重要的粮仓，却是一块以太湖为中心的碟形洼地，地势低平，平均海拔只有三米左右，一旦海水内灌，后果不堪设想。

国祚所系，安危所依。如何让这段暴躁的江水安静下来，历朝历代都为此费尽了心机。

雍正乾隆两朝铸造的那十六头铁牛，每头牛身上，都铸有这样一段铭文：“唯金克木蛟龙藏，唯土制水鬼蛇降，铸犀作镇奠宁塘，安澜永庆报圣恩。”

这些铁牛象征着一种对潮水的神秘镇压。根据传统的五行学说，牛属于土行，可以制水；铁属金，而兴风作浪的蛟龙属于木性，金可以克木。

与这些铁牛性质相同的，还有一种镇潮铁符。北宋宣和四年，笃信道教的宋徽宗，就曾经亲降铁符十道，从开封送到海宁盐官，投符入江以镇压潮水。根据文献记载，每块铁符重达百斤，两面都铸有神符以及徽宗御书的咒语。

从六和塔到占鳌塔，钱塘江畔的这些著名古塔，同样属于压制江潮的镇物。

当然，除了镇压，还有祈祷。正如雍正皇帝敕建的海神庙，类似的祠堂庙宇，在钱塘江沿岸随处可见。每年潮汛，人们都会以最隆重的祭品来祭祀大小水神，以乞求潮水温顺、海波安宁。

当然，谁都清楚，无论是镇压还是祈祷，本质上不过是心理安慰。抵御潮灾，最现实有效的方法只有筑造海塘。

从江浙到闽广，我国东南沿海各省都修有海塘。而其中位置最重要、规模最大的，应属江浙海塘。

江浙海塘北起江苏省的常熟，南抵浙江省的杭州，全长约四百公里。而其中最为雄伟的，便是钱塘江北岸，平湖、海宁、杭州一线，一百五十多公里长的浙西海塘。

浙西海塘的修筑历史至少可以追溯到唐代，是世界上修筑最早、工程最大的海塘之一。而这段海塘的修筑之艰、耗费之巨，同样也是绝无仅有。

上城区，杭州最核心的商贸街区。我曾无数次徜徉其间。但又有多少人能想到，一个传诵千年的传奇，正是在这处高楼林立的都市街心，得到了证实。

五代时期，吴越国王钱镠，为巩固杭州，发动民工二十万，在候潮门和通江门外修筑海塘。但由于钱塘江潮水过大，屡筑屡塌。钱王无奈，只得斋戒沐浴，诚心祈祷潮海之神，但还是无效，不禁大怒，命工匠打造三千支箭，派五百名精悍射手，于八月十八潮神生日这天，迎着潮头怒射。说来也怪，经此一射，江潮竟然节节后退，钱王乘机筑塘，这才得以成功。

2014年，为配合城市建设，杭州市文物考古研究所对上城路以东原江城文化宫进行了考古发掘，竟然发现了这段传说中的海塘。

“五代吴越国捍海塘遗址是我国迄今发现最古老的海塘实物。海塘呈南北走向，横截面梯形。其修筑的方法是先编扎好一个个数丈长的竹笼，然后用石头填实，再层层垒砌。证实了史料记载的‘造竹络、积巨石、植以大木’的海塘修筑方式。”（考古报告）

历代治塘者在一次次失败中吸取经验和教训，对塘身结构不断改革创新，在最初的土塘基础上，唐末出现了木桩塘和竹笼木桩塘，北宋出现了柴塘和土石塘，元代则有石囤木柜塘，明代则有五纵五横的鱼鳞石塘。

到了清代，中国的海塘筑造技术终于达到了成熟。

在海宁的钱江堤上，我看到了这项堪与长城与大运河比肩的古代工程奇迹。

可以说，这是一种集历代工艺之大成的海塘修筑技术。以整齐的长方形条石，自下而上呈“T”字形顺次叠砌。为了增加塘身牢固度，设计者用粘性极高的江南糯稻米打浆、灌砌，再用铁锔扣榫；石塘顶部使用铁锭扣锁，防止松脱；塘身后加帮土墩护塘。

——这种海塘，从侧面看塘身层次排列整齐美观，如同鱼鳞，故而也被称为“鱼鳞石塘”。

这鱼鳞海塘，是康熙朝的浙江巡抚朱轼创建的。但是由于造价高昂，每筑一丈需费银300两，所以只修建了500丈。不过，在雍正二年的特大潮灾中，杭州湾南北绝大部分的海塘都遭到了严重破坏，只有这500丈石塘岿然不动。

鱼鳞海塘已经经受了考验。现在，答题的一方，轮到了紫禁城。

如果将中国帝制史视为一条长河，那么，清政府与眼前的钱塘江一样，也已经走到了最后的阶段，而海宁，某种意义上成为他们共同争夺的河口。

故宫博物院至今还珍藏着五千多份保存完好的奏折，内容都是清朝几代皇帝与浙江官员往来通报钱江潮灾和海塘修护工程的文件。

通过这些文件，我们可以很清晰地梳理出从康熙到雍正，到乾隆，一代代君主面对帝国东南传来的海潮声时，由侥幸到希冀，到不甘，到忐忑，最后终于坚定的心路历程。

修建海神庙，一方面表达了雍正对于天意的敬畏，但他将包括钱镠在内，吴越大地所有的治潮英雄都请入庙中享受祭祀，也表明了一种竭尽人力的斗志。

在一封奏折上，他亲笔表明了自己治潮的坚定决心：

“浙江海塘，关系民生，最为紧要，朕宵旰焦劳，不惜多费帑金，为亿万生灵，谋久远乂安之计。”

雍正皇帝实现了自己的承诺。他在位十三年，修海塘18次、塘堤54000多丈，费银50余万两，并为后世开创了浙西海塘的岁修制度。

对于江浙海塘的重要性，乾隆皇帝同样有清醒的认识。他一再强调，“海塘为越中第一保障”，把修筑海塘提高到与治理黄河并重的地步，为此不惜斥巨资，还要求负责官员每两个月汇报一次海塘情况，遇到紧急潮情要随时上报，甚至一再南巡海宁，亲自监督塘工。

“凡修建工程，固不可糜费钱粮，亦不可有心核减。”据不完全统计，有清一代，二百六十余年，朝廷用于修筑钱塘江海塘的银两，合计在两千六百万两以上，即使是在乾隆朝鼎盛时期，也占到全国岁入的六成，以至有了“钱塘钱塘，以钱筑塘”的说法。

石材一车接一车源源不断运来。身披重甲的海宁，成了整个帝国不计成本打造的抗潮前线。

直到今天，我们还能在一种地方小吃中感受得到当年海宁遍地塘工的气氛。

这是一种以糯米做外皮，鲜肉、豆沙、枣泥、赤豆、桂花等为馅料的糕点。杭嘉湖一带都能见到，通常都称为“方糕”，不过，在海宁，它却有个别名：“李卫眼睛糕”。

这实际上是民间叫别了字。真正的名称，其实是“堰兢糕”。得名由来，的确与雍正朝的名臣李卫有关。

据说，李卫时任浙江总督，奉雍正命督建盐官海塘。工程紧急，但塘工却进展缓慢，因为筑塘体力消耗极大，按照一般的军粮伙食，官兵到了下午就没有力气干活。后来盐官的一家茶馆老板向李卫推荐了这种很容易吃饱的糕点，于是，李卫每天都将这种糕点送往工地给大家当点心，并取名“堰兢糕”，意思是希望官兵们兢兢业业，努力修好每一段海塘。

倾尽一朝的人力物力，钱塘江北岸，终于形成了一整套层层设防、分段隔绝、抢险有备的大规模纵深防御体系。

有了这道水上长城，乾隆之后，海宁的潮灾逐渐开始缓解、稀疏。鱼米之乡，似乎已经离潮水越来越远。

然而，治理钱塘江潮的千秋事业，到此只能说完成了一半。

“贼偷勿算，火烧一半，坍江全完。”

这是一句在萧山流传很广的民谚。意思是，遭贼偷不算什么，被火烧了还能抢出一半，如果遇到坍江，那才是彻底完了。

正如海宁的溃塘，对于钱塘江南岸的萧山人民，坍江，是一个最可怕的噩梦。

水性桀骜。虽然摇摆不定，但大多数情况下，钱塘江北岸是涨潮的冲刷区，南岸是落潮的淤积区，钱塘江主槽总的演变趋势，还是南淤北坍，逐渐北移。而当北岸的浙西海塘最终稳住之后，潮水进无可进，能量无从释放，只能调转方向，咆哮着冲向南岸萧山的滩涂。

尽管因为位于落潮淤积区，萧山历史上的潮汐灾害不及海宁频繁，不过，每一次潮灾，危害都极大，溺死居民动辄万计。如明崇祯元年七月，一次溺死南沙瓜沥人口便达一万七千有余；乾隆三十六年，萧山暴风大雨，江坍，仅龛山一带便溺死数万人。

造成如此惨重的损失，固然因为江潮肆虐，但也因为萧山绍兴一带的一种传统——围垦。

明清以来，随着钱塘江主槽北移，遗留下的滩涂，对于人多地少的萧山，无疑属于珍贵的资源。南沙这一大块土地实际上就是萧绍农民围垦而成的，截至民国，在今天的南沙大堤以外，已经开垦出了几十万亩沙地。

在一张民国三年绘制的五万分之一军用地图上，我看到，在滩涂上围垦出的沙地，已经形成了一片宽约五公里的稠密村落。

然而，这毕竟是原来的河道，一旦大风大潮，钱塘江随时可能卷潮重来夺回故地。所谓的坍江，便是指这种围垦出的沙地被潮水重新溃坍。

每一次坍江，都是一次家园的彻底沦陷。死者已矣，生者流离，哀鸿遍野、满目疮痍。翻阅当时的《东南日报》，民国三十六年萧山坍江，灾民卖儿鬻女，每名少女价值250万元法币，相当于一百斤玉米面；民国三十七年萧山再坍江，六万灾民无所归依。

据民国政府的不完全统计，自清代以降，萧山累计坍江失去土地，至少在四十万亩以上。

然而，“涂涨就开垦，坍江即逃难”，为了生存，萧绍一带的农民，除了继续与江水、与海潮、与老天爷赌命，并没有太多的选择。

钱塘江南岸的上空，始终悬着一把雪亮的剑。

大江东，杭州正在迅速崛起的新城，被定位为：长三角智慧产业高地、生态休闲目的地、环杭州湾产业创新中心、杭州市城市副中心，甚至上升到了“大江东兴，则杭州兴；大江东强，则杭州强”的战略高度。

但很多人不会想到，这座面积相当于萧山全区的三分之一的现代化城市，几十年前竟然也是钱塘江的滩涂。

新中国成立后，党和国家十分重视钱塘江的围垦与坍江问题。人民政府在大力修复、巩固海塘的同时，也着手治理江道，一改历代农民自发围垦，而是经过科学论证，严谨规划，稳固推进，步步为营，萧山人民与钱塘江，展开了争夺土地的最终决战。

“老底子，男人们在正月初六都将整装待发，去搞围垦去了，年年如此。初五那天，大多数人家都翻晒小棉被，打个被包，盛好十多斤的一袋大米，还少不了几条年糕，还有一大杯鲞冻肉，足足准备一星期的粮草。男人们则准备土箕，泥钩扁担，还有平肩铁耙，这叫作‘打背沟’的三大件，缺一不可。这已是七八十年代的事了，那时的号召力是惊人的，从县里到公社，再到大队小队，可谓是‘一声令下，立即行动’。社员们不计得失，不较报酬，只知道是政治任务，都觉得是义不容辞。有一句口号叫作‘老少齐出动，男人不够女人补’。再看钱塘江边，红旗横幅如云飘，广播喇叭声响彻云霄！文艺宣传队，电影放映队，供销社的各种商店，医院成立的医疗队到处都是。县里、公社里、大队里的干部们，各个卷起裤腿，战斗在冰冷的第一线。”

这是一段参加过围垦的老萧山人的回忆摘录。我是在大江东的临江兵团知青文化园里看见的。除了照片和回忆录，文化园还搜集了很多当时留下的工具，如锹铲、锄头、畚箕、扁担，还有一些知青用过的生活物品，镜子、水壶、搪瓷盆之类，我甚至看到了一把吉他。

大江东这是在向一段热血沸腾的峥嵘岁月致敬：

1970年的正月，数千知识青年或步行，或骑自行车，从周边市县向萧山沙地区域集结。这批当时平均年龄只有十五六岁的少年，用原始的劳动工具和生产方式，在这块滩涂上奉献出了一生最宝贵的青春。

“吃的石米饭，睡的白沙滩，夏天大蚊虫，冬天西北风，披星又戴月，满身是泥沙。”

潮水来来去去。从1968年开始，至2005年为止，萧山本地民众、民工，连同下放萧山的知青一起，历时近四十年，几代人共围垦50余万亩，使350平方公里的滩涂变成良田，被联合国粮农组织誉为“世界围海造田的奇迹”。

“善治国者，必先治水。”

1949年后，南岸围垦的同时，北岸的海塘也得到了彻底的整修和加固，现代科学技术的应用，令古老的石塘愈发坚不可摧。这座原本是帝国最重要防线的石塘，如今已被海宁人当作最独特的潮文化资源，去打造一个集文化、休闲、旅游于一体的“百里钱塘国际旅游长廊”。

北岸守，南岸攻。南北收紧，就像一匹烈马，钱塘江终于被套上了笼头。

事实上，时至今日，我们已经具备了消灭钱塘江涌潮的能力。就像法国对塞纳河河口的治理，通过修筑顺坝、改变河道结构等方式，从20世纪50年代开始，它的涌潮已经彻底消失。

然而，我们的做法却与此不同。浙江人不仅延续了传统的海塘，甚至在修建每一座跨越钱塘江的桥之前，都进行详细的论证，是否会对钱塘潮造成影响。

当我们有能力控制一条河的时候，我们反而更要尊重它的声音。尊重一条河流，就等于尊重我们自己。

离开前，海宁的朋友说，带我们看一份只有在钱塘江入海处可见，在全世界范围内也可能是独一无二的工作。

丁桥镇新仓村。中午12点20分，一位清瘦的老者准时出现在了江堤上。他手里拎着一个喇叭状的扩音器。

“喂喂喂。”他先是低声调试了几句，然后对准喇叭，蓦然提高音量——

“喂——潮水，潮水马上要到了！”

他是一位职业喊潮人。每天潮上来时，都要到江堤喊话，以提醒人们避开。

这是一个古老的行当，在用扩音喇叭之前，他们的警示方式是敲锣。

喊潮间隙，这位姓周的老人和我们聊了几句。

“这个潮今天要两米多了。”他的普通话并不好懂，喊潮那几句应该是反复训练过的，“它这个潮碰一下，就回去了，要等到第二个潮上来才好看”。

说话时，这位将近七十的老人始终眯眼看着江面，目光自豪中带着期待，就像在谈论一个即将放学回家的孙子。

后 记

梁山好汉，绍兴师爷；九姓渔民，不第秀才；闽赣客家，湘西苗人；江南矿工，丝路僧侣。

在诸如长江、泾河、钱塘江、西湖之类的水系大背景下，我尽可能将十余年中，题材最具备民间抑或草莽意味的文史行走散文，集结在一起，也就是这本名为《老江湖》的小册子。至少，这些文章的关键词能够令我马上感受到某种仗剑天涯的悲壮与寂寥。

对于江湖，我天生就比较敏感。我的故乡永康，便是一座有着浓郁江湖气息的小城。因为人多田少，邑人历来有闯荡四方的风俗，一副行担，两只脚板，以各种手艺冲州撞府，甚至还因此有了一句流传数百年的民谣："府府县县不离康，离康不是好地方。"

——或许，催促我一次又一次舍弃书房的舒适，背起行囊反复出行的动力，正是这种喜动不喜静的地域基因。

回头看去，我的著名乡贤，《鹅湖会》中的陈亮，虽一介书生，却也性格粗狂，交游广阔，有江湖豪客之风。

但我也得指出，单纯以“江湖”概念而言，最接近主题的文章，很可能还是《袈裟上的灵山》。那篇文章，主角是一路南逃的慧能和尚。

所谓“江湖”一词，据说来自佛门。“江”，指的是江西的马祖大师；“湖”，指的是湖南的石头和尚。这两位都是当时众望所归的大禅师，在海内外享有极高的声誉。天下僧侣不是到江西参访马祖，就是到湖南参访石头，故而有了“走江湖”一说。而这一“江”一“湖”，即马祖与石头，都出自慧能门下。

若依此说，行走江湖，最初还是一个探求真理的开悟之旅。

但谁又懂谁的江湖呢——寂寞的旅程中，我喜欢猜测同车旅客的身份以及出行的目的。他们有的回归，有的逃离；有的求出卖，有的为获取；有的祈祷平安，有的期待奇遇。

而更多时候，我会把自己想象成一个出门谋生的手艺人，蜷缩在异乡的屋檐下，在风雨中咀嚼着江湖的滋味。

2018.8.18　郑骁锋于浙江永康

山河万朵：中国人文地脉（南方卷）

作者：白郎

定价：68.00元

内容简介：每个人都是大地的一部分。大地之上绝无尺规，毁坏大地就是毁坏我们自己，对中国的拯救最终将来自大地。今天，在钢筋水泥和马赛克的挤压下，人们心中的故乡之火正在大面积熄灭，希望本书能为读者唤回一片野云，让更多的人在日月临身的感恩中，亲近脚下的大地。《山河万朵》（南方卷）以图文并茂的形式，优美流畅的语言，描述了中国南方江南、湖湘、巴蜀、岭南、云南五大区域的历史地理文化，生动形象地演绎了中国南方秀美、灵动的文化特色。

山河万朵：中国人文地脉（北方卷）

作者：白郎

定价：68.00元

内容简介：每个人都是大地的一部分。大地之上绝无尺规，毁坏大地就是毁坏我们自己，对中国的拯救最终将来自大地。今天，在钢筋水泥和马赛克的挤压下，人们心中的故乡之火正在大面积熄灭，希望本书能为读者唤回一片野云，让更多的人在日月临身的感恩中，亲近脚下的大地。《山河万朵》（北方卷）以图文并茂的形式，优美流畅的语言，描述了中国北方燕赵、齐鲁、西北、中原、三秦五大区域的历史地理文化，生动形象地演绎了中国北方沉稳、厚重的文化特色。

为客天涯·旧城池

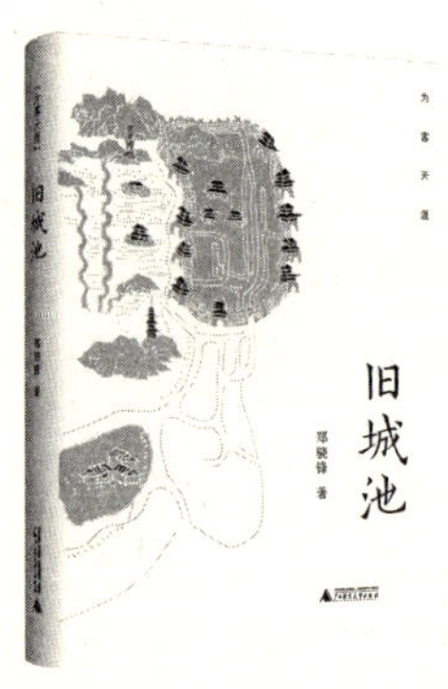

作者： 郑骁锋

定价： 52.00 元

内容简介： 在《旧城池》这本散文集中，作者亲历北京、荆州、西安、开封、青州、亳州、泉州、赣州、温州、徽州、松阳、农安等十二座各有特色的古城，以具有典型意义的史实人物、重大事件或重要建筑物为媒介，梳理其历史脉络，探索各自的文化基因。

为客天涯·野河山

作者： 郑骁锋

定价： 52.00 元

内容简介： 在《野河山》这本散文集中，作者选取山东曲阜、陕西周原、垓下古战场、医巫闾山、运城盐池、南京鸡笼山、龙门石窟、京杭运河、无锡东林书院、舟山花鸟岛等十二个不同类型的古迹，挖掘在程式化的正统官史叙述之外，那些幽隐的更为鲜活的真实。